ラストで君は「まさか！」と言う

恐怖《きょうふ》の手紙

PHP研究所 編

PHP

やあ、こんにちは。
また会ったね。私《わたし》のことを覚えているかい？
おまえはだれだ、だって？
冷たいことを言わないでくれよ。いつもきみと一緒《いっしょ》にいたじゃないか。
思い出せない？
そんなはずはないさ。記憶《きおく》をたどってごらん。

学校のうす暗い廊下《ろうか》で、きみはなぜか不安を覚えていただろう？
踊《おど》り場《ば》にある古い鏡を見ないように、目を伏《ふ》せて通《とお》りすぎたこともあるはずだ。
真夜中、トイレに起きた時、背後《はいご》に何かの気配を感じたことは？

部屋の隅《すみ》に放り投げたままの人形。
世話を忘《わす》れた小さな生き物。

踏《ふ》みにじった植物。
ふざけて撮《と》った写真。
アクセスしてはいけないインターネットサイト。
それらはみな、私《わたし》からきみに宛《あ》てた、無言の手紙さ。

きみはうすうす感じていたはずだ。
闇《やみ》の中に潜《ひそ》む、私《わたし》の存在《そんざい》を。

ああ、目を逸《そ》らしてもムダだ。
本当は、わかっているんだろう？　私《わたし》から、決してのがれることはできないと。
なぜなら、私《わたし》はきみの心の中に住んでいるから。

そう。きみは私《わたし》を『恐怖《きょうふ》』と呼《よ》ぶ。

もくじ

contents

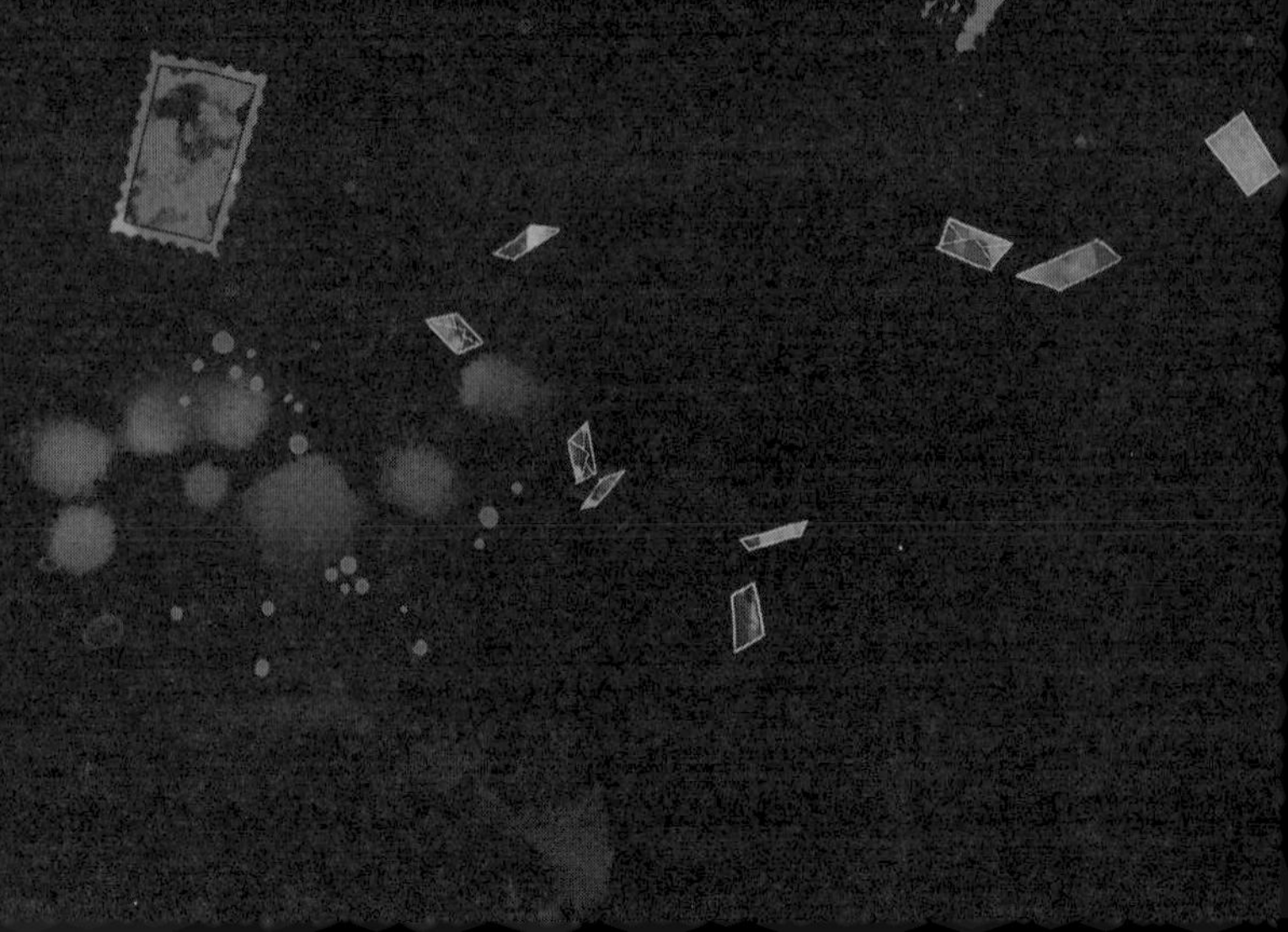

●執筆担当

桐谷 直（p.2～3、24～29、38～46、72～80、153～159、182～191）
ささき かつお（p.30～37、54～63、87～96、104～109、128～133、174～181）
染谷 果子（p.8～15、47～53、81～86、120～127、134～143、160～165）
たかはし みか（p.16～23、64～71、97～103、110～119、144～152、166～173）

動物＊ドロップ

インコのいっちゃんが、鳥かごの中で冷たくなっていた。愛美《あいみ》のせいだって、ママに叱《しか》られた。エサと水やりを、二日間ほど忘《わす》れただけなのに。

「愛美《あいみ》が面倒《めんどう》みるって約束したよね？」

約束したのは去年、五年生の夏休み。六年生になったら何かと忙《いそが》しいうえに、いっちゃんがなつかなくてかわいくなかったから、ついつい忘《わす》れがちになった。

「もう、ぜったい、ペットは飼《か》いませんからね！」

ママが世話をしてくれればよかったのに。家にいると叱《しか》られるばかりだから、早めに塾《じゅく》へ行くことにした。家を出てすぐに、クラスメイトのりえちゃんに声をかけられた。

「愛美《あいみ》ちゃん、もしかして、ペットの小鳥、死んだ？」

「うん。どうしてわかったの？」

「魔法《まほう》、かな」

「りえちゃん、すごーい」

りえちゃんは妙《みょう》に疲《つか》れた顔で、ポシェットから四角い缶《かん》を取り出した。缶《かん》には〈動物＊ドロップ〉って書いてある。欲《ほ》しいとも言っていないのに愛美《あいみ》の口へ、ドロップを一《ひと》粒《つぶ》、押《お》し込《こ》んだ。

「魔法《まほう》のドロップだよ。これをなめると、もう一度、そのペットに会えるよ」

ベタついて、甘《あま》ったるい。かび臭《くさ》い気もする。吐《は》き出《だ》そうかと思ったけれど、その前に、口の中でどろりと溶《と》けた。

とたんに、背中《せなか》が重くなり、右頬《みぎほお》に鋭《するど》い痛《いた》みを感じた。肩《かた》にいっちゃんがとまって、クチバシで頬《ほお》を突《つ》いている。あれっ？　さっき死んでたよね？　あっ、幽霊《ゆうれい》だ。だって、体が透《す》き通《とお》ってる。じゃあ、この背中《せなか》の重みは？　おそるおそる首をまわして、自分の背中《せなか》を見る。やせこけた犬や、おなかから血を流した猫《ねこ》や、翼《つばさ》がねじれた鳥や、羽のないトンボや……気味の悪い動物たちが、半透明《はんとうめい》にユラユラしている。いやぁっ。

りえちゃんが、はぁーっと息を吐《は》いた。

「よかったぁ、やっと離《はな》れてくれた」

「ど、どういうこと?」

「ごめん、魔法《まほう》じゃなくて呪《のろ》いかも。はい、これ。読めばわかるから」

りえちゃんは、ドロップの缶《かん》を愛美《あいみ》に押《お》しつけ、走り去った。

待って、と叫《さけ》ぼうとしたけれど、何かのしっぽに喉《のど》がしめつけられて大声が出ない。体が重くて追いかけることもできない。りえちゃんの姿《すがた》はすぐに見えなくなった。

やだ、やだ、どうしよう。背中《せなか》をもう一度見る勇気はない。手の中の缶《かん》に目を落とす。

〈動物＊ドロップ〉……＊がもぞもぞ動いて、〈霊《れい》〉って字になった。

〈動物霊《どうぶつれい》ドロップ〉⁉　さらにその下に、文字が浮《う》き出《で》てきた。

〈このドロップをなめた人間は動物霊《どうぶつれい》の恨《うら》みを聞くお役目を負う。別の人間にドロップをなめさせれば、お役目交替《こうたい》。ただし、動物霊《どうぶつれい》のついている人間に限《かぎ》る〉

いっちゃんがまた、愛美《あいみ》の頬《ほお》を突《つ》く。かん高い鳴き声まで聞こえた。

――のど、からからー　みず、よこせー。

痛《いた》い。いっちゃんをつかもうとしたけれど、愛美《あいみ》の手は幽霊《ゆうれい》の体を素通《すどお》りして、払《はら》うこともできない。相手は愛美《あいみ》をつつけるのに、不公平だ。

背中《せなか》からも、恨《うら》めしげな声が聞こえてきた。

――いたいニャー　ひきにげニャー　うらんでやるニャー。

――すてられたワン　しんじていたのに　どうしてどうして。

知らないよ、そんなの、愛美《あいみ》のせいじゃないし。塾《じゅく》どころじゃない。ママになんとかしてもらおう。それにしても、体が重い。さわることもできない空気みたいな霊《れい》なのに、なんで重いの。愛美《あいみ》の心を読んだみたいに、霊《れい》たちが声をそろえた。

――うらみの　おもさ、おもいしれー。

ママは、愛美《あいみ》の話を信じてくれなかった。愛美《あいみ》の肩《かた》にいるいっちゃんも、背中《せなか》にのっかっている動物霊《どうぶつれい》も、見えていないんだ。ママは怖《こわ》い顔をして言った。

「塾《じゅく》をさぼる言《い》い訳《わけ》？」

ドロップをなめさせればママにも霊《れい》が見えるかも。でも缶《かん》のふたが開かない。いっちゃんが、愛美《あいみ》の耳たぶを突《つ》きながら言う。

――どうぶつれい、ついてなきゃ　ダーメヨー。

ママが、缶《かん》に手を伸《の》ばす。

「甘《あま》いものばかり食べて」

取り上げられたら、お役目交替《こうたい》できなくなる。あわてて缶《かん》をカバンに入れて家を出た。

「ちゃんと、塾《じゅく》へ行きなさいよー」

それどころじゃないって。動物霊《どうぶつれい》のついている人を探《さが》さなきゃ。どこへ行けばいいかな。キョロキョロしながら歩いている間も、動物霊《どうぶつれい》は、うるさい。

――ハネをかえせー　ハネがなきゃ、トンボじゃないー。

――いたいよー　くるしいよー　さみしーよー。

早くだれかに、ドロップをなめさせなきゃ。動物霊《どうぶつれい》のついてる人間、どこ？　目についた公園へ入った。遊んでいる子、足早に通《とお》り抜《ぬ》けしている大人《おとな》。犬を散歩させている人……残念、あれは生きている犬だ。ん？　木陰《こかげ》のベンチに座《すわ》っているおじいさんの足元に寝《ね》そべっている犬……半透明《はんとうめい》だ。動物霊《どうぶつれい》ついてる人、見ーつけた！　駆《か》け寄《よ》ろうとしたら、寝《ね》そべっていた犬がむくりと起き上がり、牙《きば》をむいてうなった。

――おれのご主人に近づくなっ。

それから、愛美《あいみ》の背中《せなか》へ目をやって、

――恨《うら》みを吐《は》いて生まれ変わったら、今度は優《やさ》しい人間と出会えよ。

背中《せなか》の霊《れい》たちが、うおーんと鳴いた。

公園には、他にも猫霊《ねこれい》をつけている人がいたけれど、こっちも猫《ねこ》が牙《きば》と爪《つめ》をむき出し、愛美《あいみ》を追《お》い払《はら》った。いっちゃんも、あんなふうに、愛美《あいみ》を守ってくれればよかったのに。

公園をあきらめて、駅前の商店街へ向かった。美容院《びよういん》から出てきたおばさんの頭に、半透明《はんとうめい》の犬が寝《ね》そべって、足としっぽをブラブラさせてる。追いかけて隣《となり》に並《なら》んだ。

犬霊《いぬれい》の恨《うら》み声《ごえ》が聞こえてきた。

——さんぽもさせないで、るすばんばかり。こんなにふとったトイプードルがいる？

愛美《あいみ》は、まじまじと犬霊《いぬれい》を見てしまった。トイプードルだとは思えないボディだ。

犬霊《いぬれい》が目だけ動かして愛美《あいみ》を見返す。起き上がりも、うなりもしない。

——あんた、ドロップもってるね。このおんなに、なめさせて。トイプードルのナナちゃんからのおくりものって、いってごらん。

愛美《あいみ》は急いで、ドロップを一粒《ひとつぶ》指につまみ、おばさんに声をかけた。

「あの、トイプードルのナナちゃんから贈《おく》り物《もの》です」

「はぁ？」

ぽかんと開けた口に、ドロップをすばやく入れた。吐《は》き出《だ》されないようそのまま手でおばさんの唇《くちびる》を押《お》さえる。おばさんは顔をしかめ、愛美《あいみ》の手を払《はら》った。

「何するの……ひっ」

文句《もんく》を言いかけ、息をのむ。きっと、自分の額《ひたい》にぶらさがる犬の前足に気がついたんだ。愛美《あいみ》にはもう見えないけれど。

愛美《あいみ》の背中《せなか》が軽くなった。肩《かた》のいっちゃんも消える。もうどこにも動物霊《どうぶつれい》は見えない。

「これ、あげる」

青ざめ固《かた》まっているおばさんに缶《かん》を押《お》しつけ、あとは振《ふ》り返《かえ》りもせず、走って離《はな》れた。

それから十数年後。

愛美《あいみ》は小学校教師《きょうし》になっていた。五月の連休明けの朝、教室の窓《まど》を開けに行って、クラスで飼《か》っていたメダカが全滅《ぜんめつ》しているのに気づいた。舌打《したう》ちが出る。これだから生き物を飼《か》うのは嫌《いや》。あーあ、余計《よけい》な仕事が増《ふ》えた。死んだメダカは生ゴミ扱《あつか》いでいいわよね。

水場で水槽《すいそう》を洗《あら》っていたら受けもっているクラスの男子がやってきて、「あげる」と愛美《あいみ》の口にドロップを入れた。それは、口の中でどろりと溶《と》けた。全身に重いものがのしかかる。まさか――と思った時には、動物霊《どうぶつれい》に取り囲まれていた。以前より増《ふ》えている。男子が、四角い缶《かん》を押《お》しつけ、逃《に》げた。

缶《かん》が軽い。振《ふ》っても音がしない。からっぽ？　離《はな》れたところから男子が叫《さけ》ぶ。

「さっきのが、最後《さいご》の一個《こ》！」

真夜中のオルゴール

ハアッハアッ。

息を切らしながら、彼《かれ》は走っていた。その細い体を追いたてるように大粒《おおつぶ》の雨が叩《たた》く。

ぐっしょりと濡《ぬ》れた髪《かみ》からたれたしずくが、頬《ほお》や首すじをはうように流れ、彼《かれ》は思わずその身をブルッと震《ふる》わせた。

ようやく足を止めたのは、古い木造住宅《もくぞうじゅうたく》の前だった。すでに夜の十時を過《す》ぎていた。明かりはついていない。

彼《かれ》は、背《せ》たけのある体を折りたたむようにしてしゃがみ込《こ》むと、玄関扉《げんかんとびら》の横にある大きな鉢《はち》を持ち上げた。予想通り、受け皿の上に古びた鍵《かぎ》がある。

開けにくい鍵《かぎ》に苦心しながらも、彼《かれ》はなんとか扉《とびら》を開けて中へと滑《すべ》り込《こ》んだ。

とたんに鼻につく、古い畳《たたみ》と木のにおい。そして、長い間ここをすみかとしていた祖《そ》父《ふ》の、たばこと何かが入りまじった独特《どくとく》のにおい。

(ああ、そうだ。ここへ来ると、いつもこんなにおいがしていた)

彼《かれ》は今日、生まれ育った家を出てきたのだ。二度と戻《もど》る気はない。

最初は、ここへ来るつもりなどまったくなかった。

しかし、彼《かれ》には行くあてがない。そのうえ、この雨だ。

彼《かれ》は高校生だった。コンビニやマンガ喫茶《きっさ》に逃《に》げ込《こ》んだら、補導《ほどう》されるかもしれない。

悩《なや》んだ末に、家からほど近い、ここの存在《そんざい》を思い出した。祖《そ》父《ふ》は先月から、遠方の病院に入院している。見舞《みま》いには行っていないし、これから行くつもりもなかったが……。

暗闇《くらやみ》に目が慣《な》れるのを待って、彼《かれ》は障子《しょうじ》を開けて居間《いま》へ入り、明かりをつけた。

次の瞬間《しゅんかん》、なつかしいものがいっせいに、彼《かれ》の目に飛《と》び込《こ》んできた。

十年ほど前に亡《な》くなった祖《そ》母《ぼ》の遺影《いえい》。祖《そ》母《ぼ》が健在《けんざい》だったころは、ここへもよく遊びにきていた。そのころは祖《そ》父《ふ》も、彼《かれ》のことをかわいがってくれていた。

他にも、柱時計、年季の入ったちゃぶ台、彼《かれ》が落書きして怒《おこ》られた棚《たな》など、まるで時が止まっていたかのように、それらは昔のままの姿《すがた》で彼《かれ》を見つめていた。

なんだかいたたまれない気持ちになって、彼《かれ》は目を逸《そ》らした。

彼《かれ》の体から滴《したた》るしずくが、古い畳《たたみ》に染《し》みていく。

(シャワーでも浴びよう)

家は、祖《そ》父《ふ》が暮《く》らしていた時のままになっていた。電気も水道もガスもすぐに使える。彼《かれ》にとってはありがたいことだったが、いつまでもここにいるわけにはいかない。すぐに見つかって連《つ》れ戻《もど》されてしまうだろう。

熱いシャワーを浴び、もってきた服に着替《きが》えた彼《かれ》は、ようやく一息ついた。

しかし、同時に、これからのことを思って不安の波が押《お》し寄《よ》せてくる。

(あっ、そうだ。もしかして……)

茶の間の奥《おく》、祖《そ》父《ふ》が寝室《しんしつ》として使っていた和室。そこに、大きなたんすがあった。祖《そ》母《ぼ》が嫁入《よめい》りの時にもってきたものだと聞いたことがある。

その上のほうにある小さな引き出し。お年玉やお小遣《こづか》いをくれる時、祖父《そふ》がいつもそこを開けているのを、彼《かれ》は覚えていた。

(このたんす、こんなに小さかったっけ?)

そんなことを思いながら、例の引き出しを開ける。すると、そこには銀行名が印刷された封筒《ふうとう》が入っていた。彼《かれ》はゴクリとつばを飲《の》み込《こ》んで、封筒《ふうとう》を手に取った。かなりの厚《あつ》さがある。もし、中身がすべて一万円札なら、これは何十万どころではない。おそらく数百万はあるだろう。彼《かれ》は急に怖《こわ》くなって、封筒《ふうとう》を元に戻《もど》した。

(でも、これだけあれば、当分は逃《に》げられるな……)

家出の原因《げんいん》は、両親とのケンカだった。

「今の高校は、ぼくには合っていない。先生も、クラスメイトも、みんなでぼくのことを無視《むし》するんだ。一年半、必死で我慢《がまん》していたけど、もう限界《げんかい》だ。今すぐにでも転校したい」

彼《かれ》は真剣《しんけん》に訴《うった》えた。しかし、両親の反応《はんのう》は冷ややかだった。

「おまえの成績《せいせき》で入れる公立高校はあそこだけだったんだから、しかたないじゃないか。自業自得《じごうじとく》だ。あと一年半かけて、少しでもマシな大学に入れるように勉強しろ」

父親は不機嫌《ふきげん》そうにそう言って、早々《はやばや》と食卓《しょくたく》を去った。母親はだんまりを決《き》め込《こ》んでいる。いつものことだ。

（このままここにいても、何も変わらないんだ。もういいや。出ていこう）

そう決意した彼《かれ》は、リュックに最小限《さいしょうげん》のものを詰《つ》め込《こ》んで、自分の部屋の窓《まど》から外へ出た。そして、とぼとぼと歩いているうち、雨が降《ふ》ってきたのだ。


思い出すと、また腹《はら》が立ってきた。彼《かれ》は再《ふたた》びたんすの引き出しを開け、封筒《ふうとう》を手に取ると、居間《いま》に戻《もど》り、まだかわききっていない自分のリュックの中へ放《ほう》り込《こ》んだ。それから、畳《たたみ》の上であおむけになった。

遺影《いえい》の祖母《そぼ》と目が合う。胸《むね》がチクリと痛《いた》んで、彼《かれ》はギュッと目をつむった。

（明日《あした》の朝早くここを出て、どこか遠くへ行こう。これだけ金があれば、なんとかなる）

シャワーを浴びたあとの心地よさと、金を得た安心感から、彼《かれ》はうとうとしはじめた。

突然《とつぜん》、けたたましい電子音が響《ひび》き、彼《かれ》は飛び起きた。

柱時計を見ると、午前二時三分をさしている。

（目覚まし時計の音？　こんな夜中にまさかな。そのうち止まるだろ）

彼《かれ》はそばにあったざぶとんをかぶってしのごうとしたが、耳をつく電子音はいっこうにやむ気配がない。電子音はピピピというような音ではなく、メロディーを奏《かな》でていた。

（なんだっけ、この曲？　ああ、『エリーゼのために』だ）

曲はやまないばかりか、急に速くなったり、遅《おそ》くなったりした。ボリュームも大きくなったり、小さくなったりしている。

（なんなんだよ、これ。気味が悪いな……）

とにかくこのままでは、近所迷惑《めいわく》だと言ってだれかが訪《たず》ねてくるかもしれない。

トラブルになれば、自分がここにいることも両親に伝わってしまうだろう。

彼《かれ》はしぶしぶ起き上がり、音の主を探《さが》しはじめた。

(電子オルゴールか何かかな？　早いところ電源《でんげん》を切らないと)

しかし、音が大きくなったり小さくなったりするので、なかなか場所を特定することができない。だいぶ時間をかけて、彼《かれ》はなんとか音の主を見つけることができた。

それは、棚《たな》の上にあった。丸い台の上に、プラスチック製《せい》の透明《とうめい》なドームがあり、その中にいる安っぽい天使の人形が音に合わせてくるくるとまわっている。

(これ、なんだっけ？　見覚えがあるような……)

しばらく考えて、彼《かれ》はやっと思い出した。『エリーゼのために』が好きだという祖父《そふ》の誕生日《たんじょうび》に、お小遣《こづか》いで買ってプレゼントしたものだった。

(これをあげたのって、たしか小三の時だっけ？　まだとっておいてくれていたんだ)

当時のことを思い出しながら電源《でんげん》スイッチを探《さが》したが、どこにも見当たらない。電子オルゴールなので、当然ねじもない。

（えっ、どういうことだ？　いったいどういう仕組みで鳴っているんだよ）

背筋《せすじ》がゾクッとした。曲はますます速くなったり、遅《おそ》くなったりしている。

突然《とつぜん》、彼《かれ》はハッと気づいて笑い出した。そして、台の裏《うら》を確《たし》かめる。そこには電池を入れるところがあった。

（だよな。これ、勝手に鳴ってるんだとしたら、かなり怖《こわ》いよ。あせったあ）

ふたを開けて電池を抜《ぬ》きさえすれば、音はやむ。彼《かれ》はホッとしてふたを開けた。

しかし、そこには……。なんと電池は一本も入っていなかったのだ。

曲はいよいよ大きな音となって、彼《かれ》の耳に突《つ》きささる。

「うわあああ、やめてくれっ！　金なら返すから！　ごめんなさい！」

彼《かれ》は両手で耳をふさぐと、何も持たずに家を飛び出した。

そして、大通りで警察官《けいさつかん》にとめられ、家へと連《つ》れ戻《もど》されたのである。

家へ着くなり、彼《かれ》は祖父《そふ》の死を告げられた。亡《な》くなった時刻《じこく》は午前二時三分だった。

学校の怪談《かいだん》

「学級新聞の最新号を、教室の後ろの壁《かべ》に貼《は》り出《だ》してから三日。こっそり観察してるけど、読んでる人がだれもいない！　いったいどうしてだと思う？」

昼休み。五年二組の教室で、新聞係のリーダーである山田華子《やまだはなこ》が不満そうに言った。

「特集は、『校庭の隅《すみ》に咲《さ》く季節の草花』。あんなにがんばって記事にしたのに！」

青山圭介《あおやまけいすけ》、植木萌《うえきもえ》、沖頼太《おきらいた》の三人が、やれやれといった表情《ひょうじょう》で、そっと目を見交わす。

新聞係の活動に熱心すぎる華子《はなこ》のおかげで、圭介《けいすけ》たち他のメンバーは、おおいに迷惑《めいわく》をこうむっていたのだ。取材や記事の作成など、ただでさえ他の係に比《くら》べて仕事が多いのに、真面目《まじめ》な華子《はなこ》がしょっちゅう開く編集《へんしゅう》会議で、貴重《きちょう》な休み時間も削《けず》られてしまう。

もともと、『なんでも平等』がモットーの担任《たんにん》の提案《ていあん》により、くじ引きで決まった四人の新聞係だった。時間があればバスケをしたい――むしろ、バスケをするために学校へ来ているような圭介《けいすけ》には、なかなか厳《きび》しい係活動なのだ。

圭介《けいすけ》は、小さくため息をついて言った。

「特集テーマが堅苦《かたくる》しすぎんだよ。前号の『教頭先生の教育理念』とか、前々号《ぜんぜんごう》の『心に残る卒業生の言葉』とかもさ」

「どれもすばらしい特集じゃない！　青山《あおやま》くんは報道《ほうどう》ってものを全然わかってない！」

華子《はなこ》は圭介《けいすけ》にかみつくように言い、うつむいて聞いている頼太《らいた》のほうへ顔を向けた。

「沖《おき》くんはどう思う？　私《わたし》の考えた特集記事がおもしろくないから読まれないの？」

気の弱い頼太《らいた》がビクッとして顔を上げ、おどおどと答える。

「あのぅ。あのぅ……。お、おもしろくないんじゃなくて……。えっと。そ、そうだ、みんな、最新号に貼《は》り替《か》えたことに、気づいてないだけなんじゃないかな。なんて……」

「なおさら悪いじゃん！　みんな、学級新聞に興味《きょうみ》をもってないってことでしょ！」

華子《はなこ》はキッとなって頼太《らいた》を一喝《いっかつ》すると、隣《となり》に座《すわ》っている萌《もえ》に聞いた。

「植木《うえき》さんはどう思う？　私《わたし》の企画《きかく》した特集は役に立つよね？」

「もちろん、役に立つよ！」萌《もえ》が即答《そくとう》する。

「だよね。とはいえ、役立つ記事ばかりじゃなく、何かクラスのみんなの興味《きょうみ》をひくような、インパクトの強い企画《きかく》が必要だとも思うんだ」と、華子《はなこ》。

萌《もえ》は「私《わたし》も思う、そう思う！」と言って、首振《くびふ》り人形のようにうなずいた。どんな時でも、華子《はなこ》には逆《さか》らわないと決めているらしい。

その選択《せんたく》は、正しいとも言えた。自分の意見を決して曲げない華子《はなこ》に反論《はんろん》しても、時間のムダだからだ。とりあえず、これ以上話が長引いて、放課後も会議の続きをするなどと言われないためには、華子《はなこ》の意見に従《したが》うしかない。

できれば面倒《めんどう》な取材は勘弁《かんべん》してほしいと思いながら、圭介《けいすけ》は華子《はなこ》に聞いた。

「インパクトの強い企画《きかく》って、たとえばどんなのだよ？」

「いろいろ考えたんだけどね……。『学校の怪談《かいだん》』がいいと思うの」

華子《はなこ》が低い声で言った。

「……怖《こわ》いお話、みんな大好きでしょ？　来週までに、四人それぞれが学校のとびきり怖《こわ》い怪談《かいだん》を取材してもち寄《よ》るの。いいよね？　反論《はんろん》ある？」

翌週《よくしゅう》の放課後、四人は向かい合わせにした机《つくえ》を挟《はさ》んで座《すわ》り、編集《へんしゅう》会議をはじめた。

萌《もえ》が華子《はなこ》の顔色をうかがいながら言う。

「えっと……。私《わたし》が取材したのは、プールの怪談《かいだん》。泳いでいると、排水溝《はいすいこう》の中から白い手が現《あらわ》れるんだって。その手に足をつかまれると、おぼれちゃうらしいよ」

続いて、怖《こわ》がりの頼太《らいた》が、小さな声で言う。

「ぼ、僕《ぼく》が取材したのは、理科室の怪談《かいだん》。人体模型《もけい》が、震《ふる》えながら涙《なみだ》を流すんだって」

ふたりの話を、腕組《うでぐ》みして聞いていた華子《はなこ》が言った。

「私《わたし》が取材してきたのは、美術室《びじゅつしつ》の怪談《かいだん》。のっぺらぼうの女子が現《あらわ》れ『私《わたし》の顔を描《か》いて』と言うの。上手《じょうず》に描《か》かないと、のっぺらぼうにされるんだよ」

みんなの話を聞いていた圭介《けいすけ》が、最後に言った。

「俺《おれ》の話は体育館の怪談《かいだん》。首のない男子が、自分の首をボールにしてバスケしてる」

すると、華子《はなこ》が椅子《いす》から立ち上がり、バンと両手で机《つくえ》を叩《たた》いて言った。

「んもう！　何よ、それ！　全然怖《こわ》くないじゃない！　みんな、本気で取材してきた？

適当《てきとう》すぎてめっちゃ腹立《はらた》つ！　私《わたし》が怒《おこ》ってるの、わかるでしょ？」

「まあね。見ただけじゃわかりにくいけど」

圭介《けいすけ》は華子《はなこ》の顔を見上げて言った。

「俺《おれ》たちが適当《てきとう》だって言うけどさ。山田《やまだ》の話だって、ただの自己紹介《じこしょうかい》じゃん」

華子《はなこ》の顔は、のっぺらぼうだった。

「だ、だから何よ？　みんなだってそうじゃない！」

華子《はなこ》の剣幕《けんまく》にビビり、震《ふる》えて泣き出した人体模型《もけい》の頼太《らいた》に、全身水びたしの萌《もえ》が、白い手で濡《ぬ》れたハンカチを差し出す。

「このおばけ小学校で、おばけのみんなが怖《こわ》がるほどの怪談《かいだん》を探《さが》してこいなんて無茶言うなよ。もう、今日の会議は終わりにしようぜ。俺《おれ》、体育館でバスケしてくる」

圭介《けいすけ》は自分の首を両手でひょいと取り外し、指先でボールのようにまわしながら教室を出ていった。

百《ひゃく》年《ねん》花《ばな》

T《ティー》大学のキサラギ教授《きょうじゅ》は、有名な植物学者である。

教授《きょうじゅ》の名前がさらに広まったのは、家族が代々植物学者だからだ。

彼《かれ》の父親はもちろん、祖父《そふ》、曾祖父《そうそふ》と、四代にわたって植物学者――百年以上の歴史を誇《ほこ》る。近所の人たちからは「植物博士《はかせ》の家」と呼《よ》ばれていた。

家は、東京郊外《こうがい》の静かな住宅街《じゅうたくがい》にある。

有名な学者の名にふさわしい大きな屋敷《やしき》で、一角には曾祖父《そうそふ》がつくった植物専用《せんよう》の研究室もある。キサラギ教授《きょうじゅ》は、大学の講義《こうぎ》がない日はこの研究室にこもり、植物の観察をしている。

さて、そのキサラギ家の研究室の片隅《かたすみ》に、門外不出の、家族以外にはその存在《そんざい》を知られていない不思議《ふしぎ》な植物の鉢植《はちう》えがある。

その名は「百年花《ひゃくねんばな》」。

キサラギ家の中でそう呼《よ》ばれているだけで、正式な名前はわかっていない。

曾祖父《そうそふ》の代にはすでに存在《そんざい》していたようだが、四代目のキサラギ教授《きょうじゅ》はもちろん、父親も、祖父《そふ》も、曾祖父《そうそふ》も、それが何であるかわかっていない。

見た目は「ラン科」の植物の色や形に近いと、キサラギ教授《きょうじゅ》は考えている。根もとから細長い無数の葉が伸《の》び、葉の先端《せんたん》は白く変色している。

この植物のもっとも謎《なぞ》なところは、その名の通り「百年に一度しか花が咲《さ》かない」というところだった。しかも、その花を見た者はいない。

いや、見た者がいるとすれば、それは百年前にこの植物を研究していた曾祖父《そうそふ》にちがいないのだが、彼《かれ》が残した観察記録には、百年花《ひゃくねんばな》が開いた様子は記されていなかった。

なぜか？

それは百年前の奇妙《きみょう》な話と関わりがある。

百年前の観察記録には、次のように記されていた。

《×月×日　午後十一時三十分。

ついに待ちわびた、この時がやってきた。

「百年花《ひゃくねんばな》」が、今夜開花しようとしている。

私《わたし》はペンをとり、その様子を観察記録として残すことにする。

「百年花《ひゃくねんばな》」の異変《いへん》に気づいたのは遅《おそ》い夕飯を食べ、再《ふたた》び研究室に戻《もど》った時だ。

細長い葉だけだった「百年花《ひゃくねんばな》」から、一本の細い茎《くき》のようなものが伸《の》びていた。

これはもしや、と思い、顔を近づける。

すると、見ているうちにも「百年花《ひゃくねんばな》」の茎《くき》が伸《の》びてくるではないか。

私《わたし》はスケッチしようとするが、秒刻《びょうきざ》みで変化していく様に、手が追いつかない。

午後十一時四十分。

茎《くき》の伸《の》びが三十センチほどで止まると、その先が、大きく膨《ふく》らんできた。

緑色の茎《くき》とは色が異《こと》なる。白とも、青とも、いや、赤とも言えない色。

これが「百年花《ひゃくねんばな》」のツボミなのだろうか。

私《わたし》はツボミと思われるものの先に顔を近づけ、その様子をじっと見つめる。

ツボミは、私《わたし》をじらすかのように、ゆっくりと、ゆっくりと膨《ふく》らんでいく……。

午後十一時四十五分。

ツボミの先に、無数の、小さな亀裂《きれつ》が入った。

まちがいない、これは「百年花《ひゃくねんばな》」が開花する瞬間《しゅんかん》なのだ。

小さかった亀裂《きれつ》は、徐々《じょじょ》に大きくなって、「百年花《ひゃくねんばな》」の花が……》

曾祖父《そうそふ》の観察記録は、花が咲《さ》く手前で途切《とぎ》れていた。

父親と祖父《そふ》の話によると、朝になっても屋敷《やしき》に戻《もど》ってこない曾祖父《そうそふ》を心配して、家族が研究室に行くと……彼《かれ》は「百年花《ひゃくねんばな》」の前で死んでいたという。

死因《しいん》は、急性《きゅうせい》心不全とのことだった。

肝心《かんじん》の「百年花《ひゃくねんばな》」は、開花しただろう花の部分が焼《や》け焦《こ》げたように黒ずんで、曾祖父《そうそふ》の横に転がっていたそうだ。

曾祖父《そうそふ》の急死と、「百年花《ひゃくねんばな》」の開花には、関連があったのだろうか。

百年前のことなので、真相はもはやだれにもわからない。


四代目のキサラギ教授《きょうじゅ》は、このところ曾祖父《そうそふ》の観察記録を毎日眺《なが》めていた。

そして、つきっきりで「百年花《ひゃくねんばな》」を観察している。花が咲《さ》く瞬間《しゅんかん》をこの目でとらえようとしていた。なぜなら、この記録が記されたのは百年前——すなわち、今年がその百年後であり、「百年花《ひゃくねんばな》」の咲《さ》く年なのだった。曾祖父《そうそふ》が観察記録に残していた「百年花《ひゃくねんばな》」の開花は、ちょうど今ごろの時期だ。

自分は、植物学者の家に生まれた四代目である。

代々語《かた》り継《つ》がれた「百年花《ひゃくねんばな》」の謎《なぞ》を解明《かいめい》するのは、自分の役目であると思っていた。

それに、「百年花《ひゃくねんばな》」の前で急死していた曾祖父《そうそふ》の思いを果たすとともに、彼《かれ》がなぜ急死してしまったのか、それも解明《かいめい》できるのではと思っていた。

そんな、ある晩《ばん》。

トイレから研究室に戻《もど》ったキサラギ教授《きょうじゅ》は、「百年花《ひゃくねんばな》」の変化に気づく。

「こ、これは、もしかして」

「百年花《ひゃくねんばな》」の細長い葉の根もとから、一本の茎《くき》が伸《の》びていたのである。

時刻《じこく》は、午後十一時三十分。

まちがいない、曾祖父《そうそふ》が残した観察記録と、まったく同じ時間だ。

キサラギ教授《きょうじゅ》は、曾祖父《そうそふ》の観察記録を手に、「百年花《ひゃくねんばな》」に近づく。同時にビデオカメラを設置《せっち》して、開花の様子を克明《こくめい》に記録することにした。

準備《じゅんび》をしながら、心の奥底《おくそこ》に、恐怖心《きょうふしん》が湧《わ》き出《で》ていることも自覚していた。

曾祖父《そうそふ》は「百年花《ひゃくねんばな》」の開花を記録する直前で命を落としたのだ。

自分の身に、同じことが起きることだって考えられる。

そんなことを考えてしまうのは、この花の魔力《まりょく》のせいなのかもしれない。

キサラギ教授《きょうじゅ》は研究室を見まわし、あやしい気配がないか確認《かくにん》する。自分はこれでも学者である。幽霊《ゆうれい》やバケモノ、迷信《めいしん》といった、自分の目で確《たし》かめたことのないものは信じられない。

でも……と、再《ふたた》び恐怖心《きょうふしん》が湧《わ》き上《あ》がるが、それをグッとこらえる。

「しっかりしろ、自分。曾祖父《そうそふ》が果たせなかった思いを、ぜったいに叶《かな》えるのだ」

腹《はら》に力をこめて、キサラギ教授《きょうじゅ》は「百年花《ひゃくねんばな》」をジッとにらむ。

午後十一時四十分。

茎《くき》が三十センチほど伸《の》びて止まり、その先が、大きく膨《ふく》らんできた。

このままいけば、あと五分ほどで「百年花《ひゃくねんばな》」は、花を咲《さ》かせる。

キサラギ教授《きょうじゅ》は警戒《けいかい》を怠《おこた》らないよう、キョロキョロと周囲を見まわす。

部屋に変化はない。やはり、曾祖父《そうそふ》の死は「百年花《ひゃくねんばな》」とは無関係だったのだろう。

そして午後十一時四十五分。

ツボミの先に、無数の、小さな亀《き》裂《れつ》が見える。百年前と同じく、この植物が花を咲《さ》かせる瞬間《しゅんかん》がやってきた。

ビデオカメラをズームさせて、ツボミの先を大きくとらえる。

キサラギ教授《きょうじゅ》も、開花の瞬間《しゅんかん》を自分の目で確認《かくにん》すべく、ツボミに顔を寄《よ》せていく。

ツボミに入っていた小さな亀裂《きれつ》は、徐々《じょじょ》に、徐々《じょじょ》に広がっていき……。

ポッ！

音がするように、ツボミが弾《はじ》ける——と同時に、キサラギ教授《きょうじゅ》は倒《たお》れ込《こ》んだ。

「ウグッ、ウグググッ！」

もがき苦しみ、遠くなる意識《いしき》の中、キサラギ教授《きょうじゅ》はあることに気づいていた。

百年前、曾祖父《そうそふ》も「百年花《ひゃくねんばな》」を間近で見ていたにちがいない。

ただ、この花……咲《さ》く時に有毒ガスを放出し、近くで見ていた者を死に至《いた》らしめるのだ……たぶん、百年後も。

息絶《いきた》えて動かなくなったキサラギ教授《きょうじゅ》の横に、咲《さ》き終《お》えて黒く変色した「百年花《ひゃくねんばな》」の花が、ポトリ、と静かに落ちた。

赤い雨

夜の九時。高校二年生の梨花《りか》は、自転車で自宅《じたく》への道を急いでいた。

雨がポツポツと顔にあたっている。本格的《ほんかくてき》に降《ふ》り出《だ》す前に、家へ帰りつきたい。

梨花《りか》は少しためらったが、明るい表通りから、暗い裏通《うらどお》りへと入った。ふだんはほとんど通らない道だが、梨花《りか》の住む新興住宅地《しんこうじゅうたくち》への近道なのだ。

商業地の郊外移転《こうがいいてん》により、この裏通《うらどお》りは何年も前から過疎化《かそか》が進んでいた。無人の古いビルや空き家が多く、日中でも、暗くさびしげな雰囲気《ふんいき》がただよう。貸店舗《かしてんぽ》と書かれた貼《は》り紙《がみ》は破《やぶ》れ、壊《こわ》れた看板《かんばん》もそのままだ。まるで、ゴーストタウンのようだった。

ちらつく街灯《がいとう》がうす気味悪い。遠まわりでも、表通りから帰ればよかったと後悔《こうかい》したが、今から引き返せば、なおさら帰宅《きたく》時間が遅《おそ》くなってしまう。

あせる気持ちでペダルをこいでいた梨花《りか》は、暗い道沿《みちぞ》いに小さな人影《ひとかげ》を見つけ、あわてて自転車のブレーキをかけた。四、五歳《さい》くらいの女の子が立ちつくしていたのだ。両手で顔を押《お》さえ、シクシクと泣いている。あたりには、だれもいない。

梨花《りか》は自転車を降《お》り、女の子に近寄《ちかよ》りながら声をかけた。

「大丈夫《だいじょうぶ》？　ひとりぼっちでどうしたの？」

暗い街灯《がいとう》のもとでははっきりしないが、女の子は赤い色の服を着ているようだ。

「おうちはどこ？　お母さんは？」

すると、女の子はうつむいたまま、無言で背後《はいご》を指さした。そこは、数年前に、古いアパートが取り壊《とこわ》された跡地《あとち》だった。鉄骨《てっこつ》が飛び出したがれきが無造作《むぞうさ》に放置されたまま、そのすきまを埋《う》めるように、背《せ》の高い草がボウボウと生《お》い茂《しげ》っている。

「お母さんは、この空き地にいるの？」

梨花《りか》が聞くと、女の子はうなずき、細い声で答えた。

「お母さんの首、取れちゃった」

「えっ……?」

ゾッとして、空き地に目をこらした。だが、人影《ひとかげ》は見えず、ケガをして苦しむ人の声も聞こえない。暗闇《くらやみ》の中、生《お》い茂《しげ》った草の中に足を踏《ふ》み入《い》れるのはためらわれる。

「あのう……。どなたかいらっしゃるんですか?」

空き地のほうへ声をかけてみたが、反応《はんのう》はない。女の子に家を聞いても「わからない」と首を横に振《ふ》って泣くばかり。どうやら、迷子《まいご》になったようだった。

「どうしよう……」梨花《りか》は、警察《けいさつ》に電話をかけようと、自転車のかごに入れたカバンを開けて携帯《けいたい》電話を探《さが》した。だが、こんな時に限《かぎ》って見つからない。

夜道に幼《おさな》い子どもを置き去りにするわけにもいかず、梨花《りか》は困《こま》り果《は》てた。

「そうだ。ね、お姉ちゃんと一緒《いっしょ》にお巡《まわ》りさんのところへ行こう。自転車で、近くの交番まで送っていってあげるよ。お巡《まわ》りさんが、お母さんを探《さが》してくれるからね」

すると、女の子は急に泣きやんだ。顔を押《お》さえていた手を外し、大きな黒い目で梨花《りか》を見つめて「ありがとう」と言う。まるで、その言葉を待っていたかのように。

　ともかく、一刻《いっこく》も早くこの女の子を警察《けいさつ》に引《ひ》き渡《わた》そうと、梨花《りか》は思った。大通りへ戻《もど》れば、交番がある。送《おく》り届《とど》けさえすれば、あとは警察官《けいさつかん》がなんとかしてくれるだろう。

　梨花《りか》は荷台に女の子を乗せ、「危《あぶ》ないから、ちゃんとつかまっていてね」と言い聞かせてから、慎重《しんちょう》に自転車を押《お》して交番へと向かった。ペダルをこぐとそれほど長くは感じない距離《きょり》だったが、歩いて戻《もど》るのは長く感じる。さびれた街の暗い道で、気味の悪い言葉を聞いたあとではなおさらだ。

　女の子を安心させてあげなくてはと思ったが、かける言葉が見つからない。動揺《どうよう》が収《おさ》まらない梨花《りか》とは反対に、女の子は落ち着いていた。もうとっくに泣きやんでいて、黙《だま》って座《すわ》っているだけだ。

　大通りを渡《わた》れば交番という時、荷台に座《すわ》っている女の子が、突然《とつぜん》、口を開いた。

「もういいよ。あのお巡《まわ》りさんに、おんぶしてもらうから」

「え？　どういう意味？」

「連れてきてくれてありがとう、お姉ちゃん。わたし、ひとりじゃ動けなかったの」

その時、梨花《りか》はこちらへ歩いてくる警察官《けいさつかん》の姿《すがた》を見つけた。

「こんな時間にどうしましたか?」

見まわりをしていたらしい若《わか》い警察官《けいさつかん》に聞かれ、梨花《りか》はホッとして答えた。

「家へ帰る途中《とちゅう》で、迷子《まいご》の女の子を見つけたんです。一緒《いっしょ》に交番へ向かうところでした」

女の子を引《ひ》き渡《わた》そうと振《ふ》り返《かえ》った梨花《りか》は、「あっ」と思わず声をあげた。自転車の荷台に、女の子がいなかったからだ。

「こ、ここに小さな女の子を乗せていたんです。どこへ行っちゃったんだろう」

梨花《りか》はうろたえてあたりを見渡《みわた》した。女の子は小柄《こがら》で弱々しく、梨花《りか》が手伝ってやっと荷台に座《すわ》ることができたのだ。ひとりで飛《と》び降《お》りたとは、とても思えない。

「迷子《まいご》の女の子とは、まさか、これのことですか?」

警察官《けいさつかん》は、自転車の荷台から取り上げたものを梨花《りか》に見せた。二十センチほどの小さな石の地蔵《じぞう》だ。赤い肩掛《かたか》けをつけている。

「えっ……? どうしてこんなものが……」

梨花《りか》は混乱《こんらん》して言った。警察官《けいさつかん》は、疑《うたが》わしそうに梨花《りか》を見ている。ほんのさっきまで、荷台に乗せた女の子と話をしていたなどと、とても言い出せる雰囲気《ふんいき》ではなかった。

「あの……。そのお地蔵《じぞう》さんを……落とし物を拾ったんです。裏通《うらどお》りの、取《と》り壊《こわ》された古いアパートの前の空き地で。そ、それで、交番に届《とど》けようと思って」

警察官《けいさつかん》が梨花《りか》に言った。

「これは、落ちていたのではなく、ずっとあの場所に置かれていたんですよ。数年前、あそこで死亡事故《しぼうじこ》がありましてね。だれかが、供養《くよう》にとでも思って置いたんでしょう」

梨花《りか》はおどろいて地蔵《じぞう》を見た。そういえば、前にあの場所を通った時に見た気がする。そえられている花を見て、だれかがここで亡《な》くなったんだなと思った記憶《きおく》があった。

梨花《りか》は、警察官《けいさつかん》におそるおそる聞いた。

「その事故《じこ》の被害者《ひがいしゃ》は……もしかして女の子でしたか？　四、五歳《さい》くらいの」

警察官《けいさつかん》は一瞬眉《いっしゅんまゆ》をひそめ、それから答えた。

「いや。三十歳《さい》くらいの女性《じょせい》でした。裏通《うらどお》りは住人も少なく、通行人もほとんどいないので、夜は注意が必要です。あなたのような若《わか》い女性《じょせい》は、特に気をつけてください」

「……はい。気をつけます。今後は表通りを通って帰るようにします」

「もう夜も遅《おそ》いので、これはあとで私《わたし》が元の場所に戻《もど》しておきますよ。落とし物ではないので、届《とど》けはいりません。雨が降《ふ》り出《だ》したので、安全に気をつけて帰ってください」

警察官《けいさつかん》の言葉に、梨花《りか》はうなずいた。今からあそこへ戻《もど》る勇気はない。

「すみません。よろしくお願いします」

家へ帰ろうと自転車のハンドルを握《にぎ》りなおした梨花《りか》の手は、冷たい汗《あせ》で濡《ぬ》れていた。

不安で心臓《しんぞう》が大きく鳴っている。あの少女は、いったいなんだったのだろう――。

顔を上げ、ふと、歩き去る警察官《けいさつかん》の後《うし》ろ姿《すがた》を見た梨花《りか》は、悲鳴をあげそうになった。

表通りの交番へ戻《もど》っていく警察官《けいさつかん》の背中《せなか》に、さっきの女の子がしがみついていたのだ。

強まる雨の中、女の子の赤い服は、まるで滴《したた》る血のように見えた。

田部巡査《たなべじゅんさ》は、交番へ戻《もど》る途中《とちゅう》、女子高生から受け取った石の地蔵《じぞう》を見て顔をしかめた。

五年前の、嫌《いや》な記憶《きおく》がよみがえる。闇《やみ》に葬《ほうむ》ったと思っていた事件《じけん》だった。警察官《けいさつかん》になってすぐ、田部《たなべ》は重大な人身事故《じこ》を起こした。雨の夜道で若《わか》い女性《じょせい》をひき、車で逃《に》げたのだ。飲酒運転だった。警察《けいさつ》の解雇《かいこ》はもちろん、重い刑《けい》を免《まぬか》れるすべはない。

ところが、さびれた夜の裏通《うらどお》りには目撃者《もくげきしゃ》もおらず、防犯《ぼうはん》カメラもない。車についた血や汚《よご》れは、土砂降《どしゃぶ》りの雨が洗《あら》い流《なが》した。田部《たなべ》のひき逃《に》げは、完全犯罪《はんざい》になったのだ。

あの時、死んだ女のおなかには子どもがいたのだと、あとで知った。もし、子どもが無事に生まれていたら、もう四、五歳《さい》になっていただろうか……。

あの事故《じこ》のあと、いつのまにか、現場《げんば》に地蔵《じぞう》が置かれていた。大小ふたつの地蔵《じぞう》だ。死んだ母子が手をつないで立っているように思え、見るたびに気分が悪くなった。この地域《ちいき》の交番に配属《はいぞく》されてからは、嫌《いや》でも目にすることが増《ふ》え、自分の罪《つみ》を責《せ》められている気がして落ち着かない。

田部《たなべ》は、人目を忍《しの》んで、地蔵《じぞう》を空き地の草のかげへ投《な》げ捨《す》てた。大きいほうの地蔵《じぞう》はがれきの鉄骨《てっこつ》にぶつかり、首が折れて飛んだ。小さい地蔵《じぞう》も捨《す》てようと手に取ったところで人が通りかかり、しぶしぶ元の場所に戻《もど》した。昨日《きのう》の夜のことだった。

「こいつが、俺《おれ》の元に届《とど》くなんて」

舌打《したう》ちして手元の地蔵《じぞう》に目をやった田部《たなべ》は、おどろいて「うわっ！」と声をあげた。

自分が手に持っているものが、一瞬《いっしゅん》、女性《じょせい》の生首に見えたのだ。

「見まちがいか……！　この気味の悪い地蔵《じぞう》め！」

側溝《そっこう》に地蔵《じぞう》を投《な》げ捨《す》てようとしたが、腕《うで》が重く、どうしても手が動かない。

何か得体のしれないものが背中《せなか》にしがみついていることに気づき、背筋《せすじ》がゾッとした。

必死にあがいたが、どうしてものがれられない。首に絡《から》みつく、冷たい子どもの手。

「やめろ！　俺《おれ》から離《はな》れろ！」

打ちつける強い雨が、田部《たなべ》の目や口をふさぐように流《なが》れ込《こ》んだ。生臭《なまぐさ》いその味は、ただの雨水ではない。口をぬぐった手を見ると、血塗《ちぬ》られたように赤かった。

心の奥底《おくそこ》から激《はげ》しい恐怖《きょうふ》が込《こ》み上《あ》げ、悲鳴が喉《のど》をついて出る。

田部《たなべ》は自分を見失い、車の行き交う表通りに、よろめきながら踏《ふ》み出《だ》した。

妖《よう》精《せい》の子守歌

妖精《ようせい》に出会ったのは、中学一年の野外活動中。

登山の途中《とちゅう》、足を滑《すべ》らせ斜面《しゃめん》を転げ落ちたぼくの前に、人の頭ほどの大きさの、青い光の玉が現《あらわ》れた。その光の中に、妖精《ようせい》がいたんだ。トンボに似《に》た透《す》き通《とお》った羽が、虹色《にじいろ》にキラキラしていた。体や顔は、光が散ってよく見えない。

それは、倒《たお》れて動けないぼくのまわりをふわふわ飛んだ。光が体に触《ふ》れると、痛《いた》みが引いた。それから、うすいガラスが砕《くだ》けるような澄《す》んだ声で歌いはじめた。なんてきれいな声だろう。言葉はわからないけれど、優《やさ》しい子守歌だ。ぼくは安心し、眠《ねむ》った。

目覚めたら病院のベッドの上だった。山で転げ落ちた時には痛《いた》みで動くこともできなかったのに、なぜかケガはなかった。不思議《ふしぎ》な青い光がぼくの居場所《いばしょ》を教えてくれたからすぐに助けられたのだと、先生たちから聞いた。ぼくはその日のうちに退院《たいいん》できた。

その夜。自分の部屋の窓《まど》を開け、山の方向を見つめた。祈《いの》るように、ささやいた。

「助けてくれて、ありがとう」

妖精《ようせい》の話はだれにもしなかった。ぼくひとりの胸《むね》に大切にしまっておきたかったから。

「また、きみの子守歌を聞くことができますように」

すると、聞こえてきた。うすいガラスが砕《くだ》けるような澄《す》んだ声が。窓《まど》から身を乗り出し探《さが》したけれど、青い光は見当たらない。けれどあの妖精《ようせい》の子守歌にまちがいない。ぼくは、うっとり、幸せに包まれた。

それから毎夜、妖精《ようせい》は姿《すがた》を見せないまま、子守歌を歌ってくれた。

そんなある日。ぼくは自転車で坂道を下《くだ》っていた。スピードがぐんぐん出る。気持ちいい。このまま坂の下まで行くぜ、とペダルから足を離《はな》した時、左の脇道《わきみち》から車が飛び出してきた。ぶつかるっ。その時、青く光る風が吹《ふ》きつけた。ぼくの体は自転車から引きはがされ、吹《ふ》き上《あ》げられ、車を越《こ》え、歩道を歩いていたおじさんにナイスキャッチされた。おじさんは尻《しり》もちをついて痛《いた》そうだったし、車にぶつかった自転車は歪《ゆが》んでしまったけれど、ぼくはまったくの無傷《むきず》だった。

ぼくを吹《ふ》き上《あ》げた風の、青い光は、妖精《ようせい》と初めて会った時に見たのと同じものだった。妖精《ようせい》が守ってくれたにちがいない。

その夜、今までまったくわからなかった子守歌の一部が、聞き取れた。

「ふゆ＊＊＊＊くさのように。ア＊＊＊＊チ＊＊＊＊に。＊＊ぬしをまもる。＊＊＊まで」

ほら、やっぱり妖精《ようせい》が守ってくれたんだ。

だから給食で、スプーンを持とうとして青い火花が散った時、ぼくはすぐにスプーンを置いた。ごはんは食べ終え、あとはデザートのババロアだけ、という時だった。ババロアは大好きだけれど、我慢《がまん》しよう。妖精《ようせい》がダメだと教えてくれているのだから。

みんなはおいしそうに食べている。どうしよう、教えてあげたほうがいいのかな。でもなんて？　妖精《ようせい》のことは内緒《ないしょ》だし、言えばバカにされるだろうし。迷《まよ》っていたら、隣《となり》の席のアッシが、声をかけてきた。

「恭平《きょうへい》、デザート、食べねーの？」

「あ、うん。おなかいっぱい、かなって」

「じゃ、食べてやる。いただき」

ぼくのトレイから、ババロアを取っていった。

その日、帰宅後《きたくご》に担任《たんにん》の先生から、具合が悪くないかと電話があった。生徒が大勢《おおぜい》、おなかを壊《こわ》したみたいで、給食が原因《げんいん》の食中毒が疑《うたが》われるって。やっぱり。もちろん、ぼくは、なんともなかった。

ぼくの分までデザートを食べたアッシはクラスで一番重症《じゅうしょう》で、二日間、学校を欠席した。三日目、登校するなり、ぼくをにらんだ。

「おい恭平《きょうへい》、おまえ、あのデザートが変だって知ってたんじゃねーの？　だから食わなかったんだろ？」

答えられないでいたら、アッシはぼくの肩《かた》をこぶしで突《つ》こうとした。

「答えろよ、あっ」

こぶしがぼくに触《ふ》れる直前、青い火花が散ったんだ。呆然《ぼうぜん》とするアッシの目の中にも、青い火花が見える。

「あ……。ごめん、忘《わす》れて。おれも忘《わす》れるわ」

アッシは、妙《みょう》に間延《まの》びした声で言って、ストンと席についた。そのあとも、何も言ってこなかった。また、妖精《ようせい》が助けてくれた。

ぼくは妖精《ようせい》に愛されている。

妖精《ようせい》に守られ十か月が過《す》ぎたころ、子守歌がぜんぶ、聞き取れるようになった。

「ふゆむしなつくさのように。アゲハヒメバチのように。やどぬしをまもる。そのひまで」

〈ふゆむしなつくさ〉〈アゲハヒメバチ〉って、なんだ？　調べてみた。

〈ふゆむしなつくさ〉――冬虫夏草。キノコの一種。生きた幼虫《ようちゅう》に寄生《きせい》し体内の養分をどんどん吸収《きゅうしゅう》、菌糸《きんし》という糸状《いとじょう》の細胞《さいぼう》を体内に伸《の》ばし、時期が来ると幼虫《ようちゅう》の頭部や関節から子実体《しじつたい》（キノコ）を伸《の》ばして地上へと成長。

〈アゲハヒメバチ〉――寄生《きせい》バチの一種。メスは、アゲハ蝶《ちょう》などの幼虫《ようちゅう》に卵《たまご》を産みつける。卵《たまご》は、アゲハの幼虫《ようちゅう》の体内で孵化《ふか》し、そのまま体内で成長。アゲハの幼虫《ようちゅう》がさなぎになってしばらくすると、その背面《はいめん》に穴《あな》を開けて羽化する。

つまり、冬虫夏草もアゲハヒメバチも、宿主の中で育って宿主の体から生まれる、寄《き》生生《せい》物ってことか。

ぼくは、この十か月、妖精《ようせい》に守られてきた。子守歌を歌ってもらった。

――冬虫夏草のように。アゲハヒメバチのように。宿主を守る。その日まで。

まさか……。

ううん、ありえない。青い光も、うすいガラスを砕《くだ》くような声も、美しかった。子守歌は、限《かぎ》りなく優《やさ》しかった。あれが寄生《きせい》生物だなんて、ぼくにひどいことをする邪悪《じゃあく》な生き物だなんて……。

そんなふうに疑《うたが》うのは、ぼくを愛してくれている妖精《ようせい》に対する裏切《うらぎ》りだ。

だけど……。

そういえば、この十か月、身長が一ミリも伸《の》びなかった。友だちはみんな、ぐんと背《せ》が伸《の》びたのにって、気になっていた。食欲《しょくよく》はあった。むしろ、食べても食べても、食べたりないくらい。けれど、体は大きくならなかった。

活動的だからそっちにエネルギーが使われているんだろう、健康だから心配ないよ、今に身長も伸《の》びるよって、親も先生も言ってたけれど。

何かが育つ時って、エネルギーをたくさん必要とする？

ぼくは自分の体を見る。腕《うで》も足も細い。おなかは、そうでもない。

子守歌が聞こえる。聞きなれた歌詞《かし》が、今夜は少しちがっている。

「冬虫夏草のように。アゲハヒメバチのように。食って食って　食《く》い破《やぶ》って、出ておいで。私《わたし》のかわいいコ」

子守歌に応《こた》えてぼくのおなかが、大きく動く。

隣《となり》の住人

親に結婚《けっこん》を反対されたタケルとマナミは、駆《か》け落《お》ちして東京にやってきた。

生活をはじめようにも手持ちのお金はわずかで、都会の高すぎる家では暮《く》らせない。

ふたりは駅前にある不動産屋に入り、人のよさそうな社長に正直に打ち明けた。

「オレたち、田舎《いなか》から出てきたばっかりで、ふたりの貯金を合わせても、今は十万円もないんです。生活費を差し引いたら、家賃《やちん》に使えるのは五万円くらいで」

「はあ、予算は五万円ですかあ」

社長はおどろいたような、呆《あき》れたような顔をしたが、こういう若者《わかもの》を多く見てきたのだろう。「でしたら……」と立ち上がり、後ろにあった棚《たな》からファイルを取り出した。

《第二幸福荘《こうふくそう》１０４号室。１ＤＫ《ディーケー》、駅から徒歩二十五分》と書かれた案内書が見えた。

一番下には「家賃《やちん》、一か月七万円」とある。

「七万円とありますが、今なら三万円で貸《か》すことができますよ。敷金《しききん》礼金も不要」

その言葉にふたりは顔を上げ、目をかがやかせる。

「ただね、このアパートは『事故物件《じこぶっけん》』といって、特別な事情《じじょう》があるんです」

「事情《じじょう》って？」

「この部屋の隣《となり》、１０３号室の入居者《にゅうきょしゃ》がね、首を吊《つ》って自殺したんですよ。先月」

ヒッ、とマナミが小さい悲鳴をあげる。

「まあ、おどろかれるのもしかたありません。私《わたし》だって物件《ぶっけん》を紹介《しょうかい》する立場としては、心苦しい限《かぎ》りです。けれども五万円以下で住める家といったら、ねえ」

しばらく沈黙《ちんもく》が流れたが、タケルがマナミを見た。

「借りてみよう。自殺があったのは隣《となり》で、オレたちがその部屋に住むワケじゃないんだ。それなのに、半額《はんがく》以下で借りられるなんて、ラッキーじゃないか」

「そ、そうよね。今はお金がないんだから、ワガママを言っている場合じゃないわ」

ふたりが案内されたのは、駅からかなり離《はな》れたところにある古びたアパートだった。周囲を雑木林《ぞうきばやし》に囲まれている。よく言えば静かだが、うす気味悪いというのが本音だ。

「一階と二階に、入居者《にゅうきょしゃ》が数人います」

うながされて104号室に入る。アパート全体のうす気味悪さとはうってかわって、室内は白い壁《かべ》が明るく、清潔《せいけつ》なイメージだった。

「まあ、隣《となり》さえ気にしなければ、静かで住みやすい物件《ぶっけん》です。どうですか」

タケルとマナミは顔を見合わせて、うなずいた。

その場で賃貸契約《ちんたいけいやく》を交わし、鍵《かぎ》を渡《わた》した社長は、店に戻《もど》っていった。

夜。コンビニで買ってきたカップラーメンを食べて、ふたりは肩《かた》を寄《よ》せ合《あ》っていた。

布団《ふとん》やカーテンなど、最小限《さいしょうげん》の生活用品は近くのホームセンターで買ってきた。明日からはアルバイトを探《さが》さないといけない。

「ねえタケル。このアパートって、住んでる人が他にもいるっていうけど、どんな人たちなのかな。どこの部屋なのかな」

「部屋にいるなら、明かりがついているはずだから、窓《まど》から顔を出して見てみようか」

ふたりが会話をしていると、突然《とつぜん》……。

カタカタッ！　と、隣《となり》の103号室から音が聞こえた。窓《まど》を開ける音に似《に》ていた。

マナミは真っ青な顔になって、タケルにしがみついて震《ふる》えている。

「だ……大丈夫《だいじょうぶ》だって。風の音か何かだろ」

そう言ってタケルは立ち上がって、サッシ戸を開ける。マナミは彼《かれ》の腕《うで》にしがみついたままついてくる。ふたりがそっと顔をのぞかせると……。

「ヒイイイイイッ！」

マナミが叫《さけ》んで、尻《しり》もちをついた。突然《とつぜん》のことで、何が起こったかわからない。

「ど、どうしたんだよ！」

タケルが問いかける。マナミは彼《かれ》の足にしがみついて、隣《となり》の部屋を指さした。

「だれか……いる」

タケルの全身に鳥肌《とりはだ》が立つ。やっぱり、何者かがいるのだ。
怖《こわ》い。でも、ここで怖《お》じ気《け》づいたら、この部屋には住めなくなってしまう――よし、
とタケルは気合いを入れて、自分が確《たし》かめることにした。
再《ふたた》び窓《まど》から、隣《となり》を見ると――暗い中に……。
窓《まど》からだれかが顔をのぞかせている！　しかも、こっちを見ている！
「こ、こんばんは」
と相手が声をかけてきた。
――なんだよぉ。普通《ふつう》の人間じゃん。
ホッとしたタケルは、緊張《きんちょう》でこわばった顔を笑顔に変えて、自分もあいさつする。
「こんばんは。あのぉ、オレ、今日ここに引《ひ》っ越《こ》してきた萩尾《はぎお》っていいます……彼女《かのじょ》と
一緒《いっしょ》に住んでます」
「ああ、そうなんですか」
隣《となり》――１０３号室の住人の男は、気の抜《ぬ》けた声で返事をする。見たところ、自分たち

と同じくらいの年齢《ねんれい》だ。大学生だろうか。

「スズキっていいます。今後ともよろしくお願いします」

「こ、こちらこそ……じゃあ、失礼します」

タケルはゆっくりとサッシ戸を閉《し》めた。涙目《なみだめ》になっているマナミを見る。

「大丈夫《だいじょうぶ》だよ。お隣《となり》さん、ちゃんとあいさつしてくれたじゃん」

「でもぉ、なんで住んでるの。前に住んでた人が自殺したんだよ」

「ルームロンダリング、じゃないかなあ」

「なにそれ」

「ロンダリングってのは、キレイにするって意味。殺人事件《じけん》とか自殺とかがあった部屋は、不動産屋が入居《にゅうきょ》希望者にそのことを伝えなきゃいけないんだ。でもだれかが一定の期間住めば、事故情報《じこじょうほう》はキレイに浄化《じょうか》されたことになって、その次の入居者《にゅうきょしゃ》には言わなくてもいいんだ」

「ふーん」

「本で読んだことがあるんだけど、幽霊《ゆうれい》とかを怖《こわ》がらない人が、不動産屋からお金をもらって住むことがあるらしい。たぶんスズキさんも……」

翌日《よくじつ》から、ふたりはアルバイトを見つけて働き出した。

事故物件《じこぶっけん》の隣《となり》に住んでいるという恐怖心《きょうふしん》は残っているが、特別に安い家賃《やちん》だし、文句《もんく》を言っている場合ではない。それに、隣《となり》には実際《じっさい》に住んでいる人がいるのだ。その人のほうがもっと怖《こわ》い思いをしているにちがいない。

アルバイトを終えてふたりが家に帰り、洗濯物《せんたくもの》を取《と》り込《こ》もうとしてサッシ戸を開けると、隣《となり》のスズキさんが顔を出していることが多かった。

何度も顔を合わせているうちに、タケルとマナミはスズキさんと仲良くなり、世間話をするようになっていた。彼《かれ》も二十代前半と若《わか》く、故郷《こきょう》を離《はな》れ、東京でひとり暮《ぐ》らしをしているとのこと。夜空を眺《なが》めるのが好きで、明かりを消して窓《まど》から顔をのぞかせているのだが、東京の空は星がよく見えなくて残念だと言っていた。

ある夜、タケルが残業で遅《おそ》くなってしまい、マナミはひとりで夕食をとっていた。恐怖心《きょうふしん》は小さくなってきたものの、それでも夜にひとりでいるのは不安だ。どうしようと思っていると、そうだ、隣《となり》にはスズキさんがいるじゃないか、と思い出す。

サッシ戸を開けると——やっぱり、彼《かれ》は夜空を眺《なが》めていた。

「こんばんは、スズキさん」

「あ、こんばんは」

「星、見えないですね」

「ええ、残念です」

「あのう、スズキさん」

会話を続けたい気持ちから、マナミはつい質問《しつもん》をしてしまう。

「その部屋、怖《こわ》くないんですか？」

「え、怖《こわ》いとは思いませんけど……突然《とつぜん》どうしました？」

「だってスズキさん、ルームロンダリングをされてるんでしょう」

その仕事で、彼《かれ》がいくらもらっているのか、聞いてみたい気持ちもあった。

「ルームロンダリング？」

「知らないフリしてもダメですよぉ。その部屋で自殺した人がいるって、不動産屋さんに聞きましたもん」

「…………」

何も言わず、スズキさんはサッシ戸を閉《し》めてしまった。


翌日《よくじつ》から、スズキさんは現《あらわ》れなくなってしまった。

「アタシが余計《よけい》なコト言ったから、出て行っちゃったのかな」

「自殺があったことを、今まで知らなかったんじゃないか」

「悪いことしちゃったかも。どうしよう」

「だとしても、事故物件《じこぶっけん》であることを伝えてなかったら、ダメじゃないかな」

ふたりは相談した結果、不動産屋を訪《たず》ねることにした。

社長は微笑《ほほえ》みながら、ふたりを迎《むか》え入《い》れてくれた。

「安い家賃《やちん》のおかげで、なんとかやっていけています。アパートの他の住人の方とも、親しくなれましたし」

と言って、タケルは頭を下げる。

「それはそれは。気に入っていただけたようで、何よりです」

「でもぉ」と、マナミが、隣《となり》のスズキさんのことを話し出すと、それまでにこやかだった社長はどんどん顔を曇《くも》らせて、黙《だま》り込《こ》んでしまう。

「あのぉ、アタシたち、何かマズイこと言っちゃったんでしょうか」

「自殺者が出たことを、スズキさんに伝えてなかったんですか」

問《と》い詰《つ》めるふたりに、不動産屋の社長は、真顔でこう言った。

「何を言ってるんですか？　隣《となり》の１０３号室は、そのスズキさんが自殺してから、ずっと空き部屋なんですよ」

あの子がいる

「撮《と》るよーっ！」

美知《みち》が自撮《じど》りモードにしたスマートフォンをかまえると、仲良しグループのメンバーが顔を寄《よ》せ合《あ》って笑う。

「はい、オッケー！」

撮《と》った写真は、すぐにアプリで加工する。そうすると、全員本物よりかわいく見えるのだから、やめられない。

休み時間に教室で、放課後に近くのカフェで、休日には遊びに出かけた先で。ことあるごとにスマートフォンで友だちと一緒《いっしょ》に写真を撮《と》るのが、美知《みち》の趣味《しゅみ》だった。

家に帰ってからも、その日撮《と》った写真を眺《なが》めたり、友だちに送ったり、ＳＮＳ《エスエヌエス》へアップしたりする。そういう時間もとても楽しい。友だちとの自撮《じど》りは、美知《みち》の日常《にちじょう》にとって欠かせないものとなっていた。

それなのに……。

「あははっ、サナの変顔、おもしろすぎ！　美知《みち》、撮《と》らなくていいの？」

グループの中でも一番仲のよい京香《きょうか》に言われて、美知《みち》はのそのそとバッグに手を入れ、スマートフォンを取り出した。

「どうしたの？　最近、乗り気じゃないね。前はあんなにパシャパシャ撮《と》ってたのに」

「そんなことないよ。ごめんごめん、ちょっとボーッとしてた。サナ、もう一回お願い！」

カシャッ

「その写真、送って〜」

「美知《みち》、私《わたし》も！」

「はいはーい。でも、充電《じゅうでん》切れそう。家に帰ってから送るね」

帰宅《きたく》しても、美知《みち》はしばらくスマートフォンを手にしようとしなかった。

撮《と》った写真を見るのが怖《こわ》かったのだ。

さっきから、何度も通知音が鳴っている。みんなから次々と「写真を送って」とメッセージが届《とど》いているためだ。

美知《みち》はスマートフォンを手に取り、撮影《さつえい》した写真をこわごわ見た。しかし、すぐに「キャッ」と叫《さけ》んで、ベッドにスマートフォンを放り投げた。

（まただ。また写ってる……）

美知《みち》が異変《いへん》に気づいたのは、一週間くらい前だっただろうか。撮《と》った写真を確認《かくにん》していて、あることに気がついた。どの写真にも、その場にいなかったはずの人物が、必ず写《うつ》り込《こ》んでいるのである。

気のせいかもしれないと思ったが、それにしては写りがはっきりとしている。それは、同じくらいの年のおとなしそうな女の子で、同じ高校の制服《せいふく》を着ていた。

最初は、見切れるようにして画面の隅《すみ》に写っていたのが、日がたつにつれて、だんだん美知《みち》の近くへ寄《よ》ってきているようだった。

美知《みち》の左肩《ひだりかた》の上へ、顔をのせているように見える写真もある。

今日の写真では、変顔をしているサナとその隣《となり》の美知《みち》の間に写《うつ》り込《こ》んでいた。その顔に心当たりはない。

(怖《こわ》すぎ……)

美知《みち》はその夜、みんなに写真を送ることができなかった。

次の日、美知《みち》は学校へ行く途中《とちゅう》で、たまたま京香《きょうか》に会った。

「おはよう、美知《みち》！ ねぇ、昨日《きのう》なんで写真を送ってくれなかったの？」

「ああ、うん。ごめんね。寝《ね》オチしちゃって……」

「美知《みち》、最近元気ないよね？ なんかあった？ 私《わたし》たち友だちでしょ。なんでも話して」

京香《きょうか》にこう言われ、美知《みち》はついに、写真に知らない女の子が写《うつ》り込《こ》んでいることを打ち明けた。

「何それ、怖《こわ》っ！ その写真、見せてくれる？」

美知《みち》が開いたスマートフォンの画面を見て、京香《きょうか》はこう言った。

「これ、心霊《しんれい》写真っていうより、ほんとにその場にいるくらいの写りっぷりだね。でも、実際《じっさい》にこれだけ近くにいたら、さすがにだれか気づくはずだし」

「そうだよね」

「なんかこの子、見たことある気がする。もっと顔がはっきりわかるのある？」

美知《みち》の肩《かた》に顔がのっているように見える写真を見て、京香《きょうか》はあっと声をあげた。

「この子、三組の小川《おがわ》さんじゃない？　私《わたし》、同じ中学だったよ」

「三組にこんな人、いたっけ？　もしかして、最近亡《な》くなった……とか？」

「そんな話、聞いたことないけど……」


学校へ着いた美知《みち》と京香《きょうか》は、さっそく三組の教室を訪《たず》ねた。

すると、たしかに写真に写《うつ》り込《こ》んでいた女の子と同じ顔をした人物が、ぽつんと席に座《すわ》って本を読んでいたのである。

「小川《おがわ》さん、だよね？　私《わたし》、中学で一緒《いっしょ》だった京香《きょうか》。覚えてる？」

振《ふ》り返《かえ》った小川《おがわ》さんは、京香《きょうか》の後ろにいる美知《みち》の姿《すがた》を見ると、みるみるうちに耳まで真っ赤になった。

「覚えてるよ、藤田京香《ふじたきょうか》さんだよね」

「そうそう。それで、私《わたし》の後ろにいるのが春日美知《かすがみち》っていうんだけど……」

「知ってるよ、春日《かすが》さん」

「知ってるの？　私《わたし》のこと？」

小川《おがわ》さんは顔を真っ赤にして、こくりとうなずいた。

京香《きょうか》が小川《おがわ》さんを連れ出し、三人は人の少ない廊下《ろうか》で話をした。

「あのね、こんなこと聞くのも変な感じがするんだけど……。これ、小川《おがわ》さんじゃない？」

京香《きょうか》がそう言って、美知《みち》のスマートフォンの写真を見せた。小川《おがわ》さんは写真を見て、

「たしかに似《に》ているかもしれないけど、私《わたし》、そこへ行ったことないよ。でも……」

「でも？」

「見覚えがある気がするの。あっ、ここも。ここも。夢《ゆめ》の中で最近行ったような……」

結局、真相はわからないままだったが、この日をきっかけに美知《みち》と小川《おがわ》さんは、会えばあいさつを交わすようになった。

ある日、委員会が長引き、めずらしくひとりで帰ることになった美知《みち》は、書店から出てきた小川《おがわ》さんを見かけて声をかけた。小川《おがわ》さんは手に書店の袋《ふくろ》をさげていた。

「何か買ったの?」

「うん。今日、一番好きなマンガの発売日だったから」

小川《おがわ》さんはそう言って、袋《ふくろ》からマンガを取り出し、表紙を見せてくれた。

「笑わないでね。私《わたし》、入学したときから、春日《かすが》さんにあこがれていたの。このマンガの主人公に雰囲気《ふんいき》が似《に》ていて……」

「そうだったの。でも、この人のほうがかなり美人じゃない? 恐《おそ》れ多《おお》いんですけど」

美知《みち》が言うと、小川《おがわ》さんはうれしそうに声をあげて笑った。

「ねぇ、よかったらカフェに寄《よ》っていかない? 私《わたし》もマンガ、結構《けっこう》好きなんだ」

そして、ふたりはカフェへ行き、おたがいの好きなマンガの話で盛《も》り上《あ》がった。

帰《かえ》り際《ぎわ》、小川《おがわ》さんがもじもじしながらこう言った。

「あの、嫌《いや》じゃなければ、一緒《いっしょ》に写真撮《と》ってもいい？」

「もちろん、いいよ」

「うれしい！　春日《かすが》さんと一緒《いっしょ》に写真が撮《と》れるなんて、夢《ゆめ》が叶《かな》った！」

「そんな、大げさだなあ。もっと寄《よ》って。はい、撮《と》るよー」

美知《みち》は自分のスマートフォンで、久《ひさ》しぶりに写真を撮《と》った。それから、ふたりは連絡《れんらく》先《さき》を交換《こうかん》して、それぞれ帰宅《きたく》した。

（そうだ、忘《わす》れないうちに小川《おがわ》さんに写真送ってあげなきゃ）

美知《みち》が今日撮《と》った写真を見直すと、そこには本物の小川《おがわ》さんがいるだけで、例の小川《おがわ》さんによく似《に》た女の子は写《うつ》り込《こ》んでいなかった。

（写《うつ》り込《こ》んでいたあの子、本当はだれだったのかな？）

そう思って、久《ひさ》しぶりに前に撮《と》った写真を見返してみると……。

どの写真からも、あの女の子の姿《すがた》が消えていた。

アレルギー

「おい、本田《ほんだ》。『日本全国・恐怖《きょうふ》の心霊《しんれい》スポットシリーズ』の第三弾《だん》が決まったぞ。来週の火曜から木曜にかけてふたりで撮影《さつえい》に行くから、泊《と》まりの準備《じゅんび》をしておけ」

ディレクターで上司の後藤《ごとう》に急な仕事の予定を告げられ、若《わか》いカメラマンの栄太《えいた》は、涙声《なみだごえ》で聞き返した。

「ま、また、し、心霊《しんれい》スポットの撮影《さつえい》ですか？　しかも、二晩《ふたばん》も？　……ハックション」

「ああ。おまえの怖《こわ》がりっぷりがウケて、前回の放送もそこそこ視聴率《しちょうりつ》が取れたしな」

栄太《えいた》が働いているのは、テレビ番組をつくる小さな制作《せいさく》会社だ。経費削減《けいひさくげん》のため、ギャラの高額《こうがく》なタレントを使わずに、ディレクターの後藤《ごとう》とカメラマンの栄太《えいた》が出演《しゅつえん》して心《しん》霊《れい》番組をつくった。それが、思ったよりも視聴者《しちょうしゃ》にウケたのだ。

「で、でも、あのう……。心霊《しんれい》モノは、できれば、そのう……ックション！」

栄太《えいた》は子どものころから極度の怖《こわ》がりで、怪奇現象《かいきげんしょう》や霊《れい》の類《たぐい》が大嫌《だいきら》いだった。ただでさえつらい花粉症《かふんしょう》の季節に、心霊《しんれい》スポットの宿泊撮影《しゅくはくさつえい》だとは、まさに泣《な》きっ面《つら》に蜂《はち》だ。

「前回の『悪霊《あくりょう》が出る廃墟《はいきょ》で一晩過《ひとばんす》ごす』企画《きかく》も、その前の『封鎖《ふうさ》された呪《のろ》いのトンネルで記念撮影《さつえい》』も、死ぬほど怖《こわ》かったんですよ！　もう心霊《しんれい》番組はぜったいに嫌《いや》です！」

……と、言いたかったが、上司に逆《さか》らえるはずもない。心温まる人間ドラマやドキュメンタリーを撮《と》りたいという栄太《えいた》の希望は、聞き入れてもらえそうにもなかった。

栄太《えいた》は、心の声を必死に押《お》し殺《ころ》し、後藤《ごとう》に聞いた。

「そ、それにしても四日後だなんて急な撮影《さつえい》ですね。場所はどこですか？」

「R《アール》県X《エックス》山の神犬家《かみいぬけ》だ。その二晩《ふたばん》しか予定がつかないって管理人が言うんだよ」

「神犬家《かみいぬけ》？　……ックション。も、もしかして、あのX《エックス》山集落殺人事件《じけん》の現場《げんば》ですか？」

栄太《えいた》は震《ふる》えあがった。そこは九十年前、犯罪《はんざい》史上に残る恐《おそ》ろしい殺人事件《じけん》の舞台《ぶたい》になった場所だった。感情《かんじょう》の行きちがいから集落で孤立《こりつ》した男が、逆恨《さかうら》みで住民二十九人を次々と殺害したのである。神犬家《かみいぬけ》は、犯人《はんにん》の男が恨《うら》みの遺書《いしょ》を残して死んだ家だ。

その後、集落は急速に過疎化《かそか》が進み、住人はほとんどいなくなった。だが去年、有名な心霊《しんれい》研究家が訪《おとず》れ、「かつて経験《けいけん》したことがないほど恐《おそ》ろしい悪霊《あくりょう》を見た」とコメントしたことから、心霊《しんれい》スポットとして再《ふたた》び注目されるようになったのである。

「なんだ、その情《なさ》けない顔は。悪霊《あくりょう》が怖《こわ》いから嫌《いや》だなんて言うなよ?」

後藤《ごとう》が、不安に青ざめる栄太《えいた》をじろりとにらんで言った。

都内から栄太《えいた》の車で七時間かけて移動《いどう》し、ふたりが深い山の中にある古い民家に着いたのは、すでに夕闇《ゆうやみ》が迫《せま》るころだった。大正末期に建てられた平屋が、時間を止めたような姿《すがた》で佇《たたず》んでいる。あたりは不気味なほどに静まり返り、虫の声ひとつ聞こえない。樹齢《じゅれい》数百年はあろうかという巨大《きょだい》なスギの木立が、栄太《えいた》と後藤《ごとう》を見下ろしていた。

「こんなところに泊《と》まるなんて、あんたら都会もんの考えはようわからん」

管理人だという不愛想《ぶあいそう》な老人が、栄太《えいた》に鍵《かぎ》を手渡《てわた》しながら言った。昨年あたりから日中に訪《おとず》れる人は増《ふ》えたものの、さすがに宿泊《しゅくはく》の申し出は、例の心霊《しんれい》研究家以来らしい。

「この家が事件《じけん》当時の姿《すがた》で残っているのは、壊《こわ》そうとするたび、事故《じこ》で人が死ぬからさ。あんたらは、祟《たた》りのある家に興味本位《きょうみほんい》で泊《と》まるんだ。何があっても責任《せきにん》はもたんぞ」

管理人が帰ったあと、またたく間に陽《ひ》は落ちた。夜の闇《やみ》があたりを包みはじめる。暗い家の中におそるおそる足を踏《ふ》み入《い》れ、荷物や機材を運びながら栄太《えいた》はつぶやいた。

「うう……。好きで泊《と》まるわけじゃ……ハックション。ないのに。ハーックショョン」

栄太《えいた》は震《ふる》えながら、ティッシュペーパーで鼻をかんだ。鼻の下は、すでに真っ赤にこすれている。怪奇現象《かいきげんしょう》は心底恐《おそ》ろしいのだが、赤茶色の胞子《ほうし》をたわわにつけた巨大《きょだい》スギも別の意味で恐《おそ》ろしい。到着《とうちゃく》してから、スギ花粉でくしゃみが止まらず目もかゆかった。

後藤《ごとう》が栄太《えいた》をうっとうしそうに見て言う。「くしゃみを止めろ。薬はねえのか?」

「す、すいません。花粉症《かふんしょう》の薬を飲むと眠《ねむ》くなるので、運転中には飲めなくて……」

栄太《えいた》が謝《あやま》ると、後藤《ごとう》は怒鳴《どな》った。

「だったら気合いで治せ！　おまえは何かと気合いが足りねえんだよ！」

「お、おとしまではなんともなかったんですけど、去年の春、突然《とつぜん》、花粉症《かふんしょう》を発症《はっしょう》しちゃったんです……。医者が言うには、『アレルギーは、満杯《まんぱい》のコップから水があふれるようなもの。今まで大丈夫《だいじょうぶ》でも、その人の許容範囲《きょようはんい》を超《こ》えるといきなり症状《しょうじょう》が出る』そうなんです……。もしかして、後藤《ごとう》さんも急に発症《はっしょう》するかもしれませんよ?」

栄太《えいた》は小声でそう言ってみたが、後藤《ごとう》は「フン」と鼻で笑った。

「すべては気のもちようだ。霊《れい》だって、いると思うから怖《こわ》くなる。俺《おれ》は今までに山ほど心霊《しんれい》スポットの取材をしたが、霊《れい》なんか一度も見たことがない。いいか、『恐怖《きょうふ》の心霊《しんれい》スポットシリーズ』はうちの会社の目玉番組だ。たとえ怖《こわ》くて気絶《きぜつ》しても、祟《たた》りで死んでも撮影《さつえい》しろ! それから、俺《おれ》の前で二度とくしゃみはするな! わかったな!」

横暴《おうぼう》な上司に、栄太《えいた》は涙目《なみだめ》で「はい」と答えた。花粉症《かふんしょう》の薬を一錠《じょう》だけ飲んでから、指示通《しじどお》りに機材を配置し、うすい板戸で囲まれた寝室《しんしつ》にカメラを固定して設置《せっち》する。

「後藤《ごとう》さん、この角度でいいですか?」

栄太《えいた》は、部屋の中央に並《なら》べて敷《し》いた二組の布団《ふとん》に特殊《とくしゅ》なカメラを向けて聞いた。

「ああ。おまえのおびえ顔がよく写るようにしとけ。じゃあ、明かりを消すぞ」

後藤《ごとう》はそう言って、照明器具のスイッチを切った。あたりが真っ暗になる。ぼんやり浮《う》かぶ赤い光は、赤外線投光器の光だ。暗闇《くらやみ》の中でも撮影《さつえい》できる。

緊張《きんちょう》で布団《ふとん》に横になることもできない栄太《えいた》を見ながら、後藤《ごとう》が寝《ね》そべって言った。

「見ろよ、床《ゆか》にも壁《かべ》にも血の染《し》みが残ってる。……この部屋だったんだよ、恐《おそ》ろしい殺人現場《げんば》は。あの事件《じけん》の時、神犬家《かみいぬけ》には、集落のまとめ役が住んでいた。殺害予告を出した犯人《はんにん》を警戒《けいかい》し、住民をここに避難《ひなん》させていたんだ。だが、みんなが寝静《ねしず》まった夜中の二時、忍《しの》び込《こ》んできた犯人《はんにん》に、ひとり残らず殺された。大人《おとな》も子どももだ。情《なさ》け容赦《ようしゃ》なく襲《おそ》い掛《か》かる犯人《はんにん》は、右手に日本刀、左手に銃《じゅう》を持っていた。その姿《すがた》は、まさに鬼《おに》……」

栄太《えいた》は「うう……」とうなり、震《ふる》えながら両手で耳をふさいだ。全身に冷たい汗《あせ》が吹《ふ》き出《だ》している。恐怖《きょうふ》のあまり、心臓《しんぞう》が早鐘《はやがね》のように鳴っていた。

「ほ、本当にもう、勘弁《かんべん》してください……ックション！　ハーックション！」

ものすごく怖《こわ》いのに、どうしてもくしゃみが止まらない。後藤《ごとう》がムッとして言う。

「せっかくの臨場感《りんじょうかん》が台なしだ。さっさと花粉症《かふんしょう》の薬を飲めよ」

「半量は飲んだんです。強い薬なので、規定量《きていりょう》を飲むと副作用が出る可能性《かのうせい》があって」

「すぐに飲め！　おまえの副作用なんか、俺《おれ》の知ったことか」

栄太《えいた》は、思いやりのかけらもない上司と、この仕事がほとほと嫌《いや》になった。小さくため息をついて、残りの薬を飲む。このあとのことは、もう栄太《えいた》の責任《せきにん》ではない。

「……効《き》いてきました……。くしゃみは止まりましたけど、めっちゃ眠《ねむ》いです……」

栄太《えいた》は、布団《ふとん》に体を横たえた。薬の副作用である強烈《きょうれつ》な睡魔《すいま》に襲《おそ》われ、目を開けていられない。うとうとする栄太《えいた》の耳に、後藤《ごとう》の声がぼんやりと聞こえる。

「なぁ、二階にだれか泊《と》まってるって、管理人から聞いたか？　足音と悲鳴が……」

「俺《おれ》と後藤《ごとう》さんのふたりだけですよ。だいいち、この家に二階なんてありません……」

栄太《えいた》は、目を閉《と》じたまま答えると、あっというまに深い眠《ねむ》りの中に落ちていった。

翌朝《よくあさ》。栄太《えいた》は、気持ちよく目を覚ました。さわやかな朝だった。

「花粉症《かふんしょう》の薬のおかげで、ぐっすりと寝《ね》られた！　あれ？　後藤《ごとう》さんはどこだろう」

隣《となり》の布団《ふとん》に、後藤《ごとう》がいない。撮影《さつえい》機材はそのままだ。

ようやく探《さが》し出《だ》した後藤《ごとう》は、寝室《しんしつ》の押《お》し入《い》れの中で縮《ちぢ》こまり、ガタガタと震《ふる》えていた。

「お、鬼《おに》だ……。に、日本刀と銃《じゅう》を持った、血だらけの鬼《おに》に殺されるぅぅ……！」

後藤《ごとう》の顔は血の気を失い、目は血走っている。栄太《えいた》は豹変《ひょうへん》した上司の姿《すがた》におどろいた。

もしや、夜中に霊《れい》が出たのかと、一晩中《ひとばんじゅう》まわしていた赤外線カメラの映像《えいぞう》をチェックしたが、ぐっすりと寝《ね》る栄太《えいた》と、半狂乱《はんきょうらん》で怯《おび》える後藤《ごとう》の姿《すがた》が映《うつ》っているだけだ。

「おかしいな。あやしいものはまったく映《うつ》っていませんよ。ほら、見てください」

栄太《えいた》が液晶《えきしょう》画面の映像《えいぞう》を見せると、後藤《ごとう》は悲鳴をあげた。

「ひぃぃ！　悪霊《あくりょう》だらけだ！　た、た、助けてくれぇぇ……！」

（後藤《ごとう》さんには、霊《れい》が見えてるってことか。でも、なんで突然《とつぜん》？）

その時、栄太《えいた》はハッと気がついた。心霊《しんれい》スポットを訪《おとず》れすぎた後藤《ごとう》は、昨夜、ついに心霊体験許容量《しんれいたいけんきょようりょう》の限界《げんかい》を超《こ》えたのではないかと。ちょうど、栄太《えいた》のスギ花粉症《かふんしょう》のように。

（後藤《ごとう》さんは、花粉アレルギーならぬ、心霊《しんれい》アレルギーを発症《はっしょう》したんだな）

「こ、ここから逃《に》げよう、本田《ほんだ》。すぐに車を出せ」

腰《こし》を抜《ぬ》かした情《なさ》けない姿《すがた》で泣きつく後藤《ごとう》を見て、栄太《えいた》はうなずいた。

「……わかりました。そうします。恐《おそ》ろしい悪霊《あくりょう》に祟《たた》られたくないですからね」

自分の荷物をさっさとまとめ、車の鍵《かぎ》を持って、後藤《ごとう》にペコリと頭を下げる。

「では、お先に。後藤《ごとう》さんは、今夜も撮影《さつえい》を頑張《がんば》ってください。会社の目玉番組ですもんね。俺《おれ》の退職届《たいしょくとどけ》はあとから会社宛《かいしゃあ》てに送ります」

決意を口に出して、スッキリした。

寝室《しんしつ》から歩き去る栄太《えいた》の背後《はいご》から、あせったような後藤《ごとう》の声が聞こえる。

「退職《たいしょく》？　おい、どういうことだよ！　まさか、ひとりで帰るんじゃないだろうな？　この悪霊《あくりょう》だらけの家に俺《おれ》を置き去りにするのか？　管理人は明日の朝まで来ないんだぞ!」

栄太《えいた》は足を止めて上司を振《ふ》り返《かえ》り、すました顔で言った。

「大丈夫《だいじょうぶ》。見えないと思えば見えませんよ。すべては気のもちようなんですから」

モデル御用達《ごようたし》

マミ、十九歳《さい》、夢《ゆめ》はファッションモデルになること。高校卒業後、モデル事務所《じむしょ》に所《しょ》属《ぞく》したものの仕事がないまま、そろそろ一年。このままじゃモデルとして芽が出ない。親には別の仕事を探《さが》せと責《せ》められる。事務所《じむしょ》スタッフに泣きついたら、同じ事務所所属《じむしょしょぞく》のスーパーモデル〈キラリ〉が付き人を募集《ぼしゅう》している、と教えてくれた。

それ、いいかも。キラリのそばでモデルの勉強をさせてもらえれば、デビューのチャンスもあるかも。あこがれのキラリにも会える。ぜひぜひ、とアピールし、採用《さいよう》された。

キラリは、ファッション誌《し》で見るより、さらにすてきだった。小さな顔に、すらりとしなやかな体、長い脚《あし》。理想の九頭身だ。きめ細かく透《す》き通《とお》る肌《はだ》は、内側からかがやいている。スーパーモデルのオーラに、息をのんだ。

マミの仕事は、マンションでひとり暮《ぐ》らしをするキラリの、身のまわりの世話だ。

キラリは、モデルの仕事に支障《ししょう》が出る恐《おそ》れのあることは、一切《いっさい》しない。たとえば、刃《は》物《もの》や火は肌《はだ》を傷《きず》つける危険《きけん》がある。洗剤《せんざい》も指先を傷める。日焼けするから日中はベランダに出ない。掃除《そうじ》も、生活臭《せいかつしゅう》が身につきそうだからと、自分ではやらない。外出時の荷物はすべて付き人に預《あず》ける。たとえ、マミが大荷物にふらついても、手は出さない。

「わたし、荷物は持たないの。変な筋肉《きんにく》がついたり、体が歪《ゆが》んだりしたら困《こま》るから。モデル・キラリは、完璧《かんぺき》なプロポーションでないと」

それを聞いてマミは、中学生時代の、教科書を詰《つ》め込《こ》んだ学生カバンを思い出した。

「あたし、中学のカバンが肩掛《かたか》けだったんです。すごく重くて、体をかたむけて歩くほどで。あれ、プロポーションによくなかったんですね」

「ええ、最悪。背骨《せぼね》まで歪《ゆが》みそう。わたしは、ぜったい、持たなかった。でもマミには、よかったんじゃない？　今、荷物運ぶのに役立っているし。そもそも体力ありそうなところが、採用《さいよう》ポイントだったたし」

目の前が暗くなる。泣きそうになったけれど、こらえた。あきらめるものか。せっかく、スーパーモデルの付き人になったんだ。ワザを盗《ぬす》んで、必ずモデルになってみせる。

それにしてもおどろくのは、キラリがトレーニングもダイエットもせずに、完璧《かんぺき》なプロポーションを維持《いじ》していることだ。パーティーや人との会食でお酒を飲んだりごちそうを食べたりすることも多いのに、太りも、むくみもしない。それも、ただ細いだけじゃない。余分《よぶん》な脂肪《しぼう》はなく、ほどよく筋肉《きんにく》がつき、動きは猫《ねこ》のようにしなやかで軽やか。ウエストや足首はきゅっと引《ひ》き締《し》まっている。

マミだってモデル志望《しぼう》だから、わかる。何もしないでそんな体はつくれない。秘策《ひさく》があるにちがいない。そしてそれはきっと、2LDK《エルディーケー》の一部屋を占領《せんりょう》しているアレ。中で人が横になれる、大きなカプセル。

美容《びよう》や若返《わかがえ》りに効《き》くという酸素《さんそ》カプセルと似《に》ているけれど、それだけじゃなさそう。キラリは、食べすぎた日や、大切な仕事の前には、必ずカプセルに入り、かがやきを増《ま》して出てくる。

「うわぁ、キラリさん、一段《いちだん》ときれいです」

「わかってるわ」

ここまでは、今までに何度かくり返した会話。今日はもう一押《ひとお》し、粘《ねば》る。

「ただの酸素《さんそ》カプセルじゃないですよね？　教えてください。ぜったい秘密《ひみつ》にします」

「秘密《ひみつ》ってほどでもないわ。今やスーパーモデル御用達《ごようたし》だもの。マミだって聞いたことくらいあるでしょ、PBC《ピービーシー》」

初めて聞く単語だった。あとでこっそり調べたら、〈パーソナルビューティーカプセル〉の略《りゃく》だった。モデル専用《せんよう》オーダーメイド品だ。〈極上の美肌《びはだ》と理想のプロポーションをあなたに〉だって。ああ、こんないいものがあったんだ。これがあれば、マミだってすぐモデルになれる。だけど、ものすごく高価《こうか》だ。手が出ない。

だから、キラリの機嫌《きげん》のいい時をねらって（というか機嫌《きげん》よくなってもらうために尽《つ》くして）、一度だけでもカプセルを使わせてくださいと頼《たの》み込《こ》んだ。お給料から使用料を差し引いてください、とまで言った。

「無理。あれは、わたし専用《せんよう》なの。オーダーメイドの意味、わかってる？」

キラリがケチだってことは、よーくわかった。だけど、あきらめられるものじゃない。

そしてチャンスは、やってきた。月に一度のPBC《ピービーシー》メンテナンス日と、キラリの仕事が重なったんだ。キラリはもちろん、モデルの仕事を優先《ゆうせん》する。マミが留守番《るすばん》をして、メンテナンスに立ち会うことになった。

待ちかねた当日。メンテナンスが終わり、作業員が帰るや否《いな》や、マミはカプセルに横たわった。操作《そうさ》方法は、無邪気《むじゃき》な好奇心《こうきしん》をよそおって作業員に聞いておいた。

カプセルの内側はスポンジみたいにやわらかく、ソラマメのさやを思わせる。フタを閉《し》めたら棺桶《かんおけ》を連想したけれど。目の前に操作《そうさ》画面が出た。理想体型設定《せってい》は固定で変えられない。キラリと同じプロポーションになりたいんだからちょうどいい。スタートボタンを押《お》したら〈90日コースです〉と赤字が出た。はぁ？　キラリの帰宅《きたく》時間が迫《せま》っている。強引に〈30分コース〉でスタートさせた。

体を包んでいたスポンジが動き出し、全身をマッサージしはじめた。背筋《せすじ》が伸《の》びる。

ツボの位置がずれるのは、キラリの体に合わせて設定《せってい》されているからだろう。腕《うで》と脚《あし》の、もみほぐしも少しきつぃ。おなかまわりが温かくなったのは、脂肪《しぼう》を溶《と》かすためだろう。

これでモデルへの道が開かれた。キラリと同じプロポーション、肌《はだ》を手に入れたなら、若《わか》いマミのほうが美しいに決まっている。そうか、だから彼女《かのじょ》は、カプセルを使わせてくれなかったんだ。嫉妬《しっと》ね。

それにしても熱い。おなかをやけどしそう。脂肪燃焼《しぼうねんしょう》のためとはいえ、熱すぎない？

くっ、体が締《し》めつけられる。息ができない。苦しい。雑巾《ぞうきん》みたいに絞《しぼ》られる。痛《いた》い、全身、骨《ほね》まで痛《いた》い、やめてっ。ストップボタンはどこ？　フタを開けたいのに、スポンジが二の腕《うで》に食いつくようにマッサージしていて、腕《うで》が上がらない。

締《し》めつけが、ギチギチと、さらにきつくなる。

む、むり、く、くるしぃ、や、やめて、ほ、ほねが、お、お、おれる、いいいたぁい。

ひぃぃぃいぃいいいい……！

意識《いしき》を失う寸前《すんぜん》、聞こえた悲鳴は、マミのものか、帰宅《きたく》したキラリのものか。

指名手配の男

田代《たしろ》は、ネットカフェの個室《こしつ》でパソコンの画面を見ていた。

「事件《じけん》」と書かれたネットニュースをクリックする。

《先週〇〇県××市で、金融《きんゆう》会社の社員が路上で複数《ふくすう》の男に襲《おそ》われ、現金《げんきん》約一億五千万円が奪《うば》われた事件《じけん》で、〇〇県警《けんけい》は昨日《きのう》、グループのリーダーとみられる男を強盗致傷《ごうとうちしょう》の疑《うたが》いで逮捕《たいほ》した。調べによると……》

田代《たしろ》はあわてて右脇《みぎわき》の画像《がぞう》をクリックして、警察《けいさつ》に連行される男の顔を見た。まちがいない。柴崎《しばざき》だ。

「やべえ、やべえよ……」と田代《たしろ》はつぶやく。

柴崎《しばざき》は田代《たしろ》の昔からの悪仲間で、半年ほど前に「金もうけをしようぜ」と話をもちかけてきた。柴崎《しばざき》の話によると、某《ぼう》大手金融《きんゆう》会社が月末に大金を運び出すらしく、それを奪《うば》おうというのだ。

話にのった田代《たしろ》は、柴崎《しばざき》たちと準備《じゅんび》を進め、現金《げんきん》が持ち出されるのを待ちぶせた。運んでいたやつらを鉄パイプで殴《なぐ》って、現金《げんきん》の入ったカバンを奪《うば》った。そのあとは仲間が盗《ぬす》んだ車に乗って国道を南に百キロ走り、現金《げんきん》を山分けした四人は車を乗《の》り捨《す》てて解散《かいさん》したのだが……。

どうして柴崎《しばざき》は捕《つか》まってしまったのか。

犯行時《はんこうじ》、全員マスクをかぶっていた。だから相手に顔がバレたとは思えない。車だって盗《ぬす》んだものだったし……それとも別の場所で監視《かんし》カメラに映《うつ》っていたのか。

田代《たしろ》は、ニュース記事の続きを読んでいく。

《警察《けいさつ》は引き続き、共犯者《きょうはんしゃ》の行方《ゆくえ》を追っている》

ということは、オレはもう、警察《けいさつ》に指名手配されている……。

田代《たしろ》はキーボードを叩《たた》き「金融《きんゆう》会社」「強盗《ごうとう》」「犯人《はんにん》」「指名手配」と検索《けんさく》していく。

掲示板《けいじばん》サイトに出ていた画像《がぞう》を見て、「うっ」と体が凍《こお》りついてしまう。

柴崎《しばざき》と並《なら》んで、自分の顔が映《うつ》し出《だ》されていた。

《強盗犯《ごうとうはん》ってコイツだろ》

《いつも一緒《いっしょ》にワルやってた連中らしいｗ》

《おーい、田代《たしろ》～。早く自首しろよ。親が泣いてるぞぉ》

自分の顔写真と名前がさらされた掲示板《けいじばん》に、震《ふる》えが止まらなくなる。

「やべえ、マジやべえってば」

警察《けいさつ》は今ごろ、血眼《ちまなこ》になってオレの行方《ゆくえ》を探《さが》しているはずだ。今、こうしてネットカフェにいられるのは、事件《じけん》に関わりのない仲間の名前で会員証《かいいんしょう》を偽造《ぎぞう》しているから。だが警察《けいさつ》だってバカじゃない。ここから一歩出たら……。

どうする？　どうすればいい？

ワラにもすがりたい気持ちで田代《たしろ》は検索《けんさく》する。「指名手配」「逃亡《とうぼう》」……。

すると、いわゆる「闇《やみ》サイト」と呼《よ》ばれるホームページにたどりつき、信じられないような情報《じょうほう》を見つけ出した。

《あなたの顔を、手術《しゅじゅつ》で「他人」にします。秘密《ひみつ》も守ります》

半信半疑《はんしんはんぎ》でクリックすると、手術前《しゅじゅつまえ》と手術後《しゅじゅつご》で、まったくの別人になっている男の顔写真が画面に現《あらわ》れた。

ここで顔を変えてもらえば、警察《けいさつ》から逃《に》げられるかもしれない。手術代《しゅじゅつだい》は二百万円とべらぼうに高いが、手もとには奪《うば》い取《と》って山分けした三千万円がある。警察《けいさつ》に捕《つか》まることを考えれば、二百万円なんて安いかもしれない。

田代《たしろ》は変装用《へんそうよう》のメガネをかけ、帽子《ぼうし》をかぶってネットカフェを出た。近くにあった公《こう》衆《しゅう》電話から、闇《やみ》サイトに載《の》っていた番号に電話をかける。

(――はい)

「ホームページを見て連絡《れんらく》した。顔を変えてくれるって、本当か?」

(もちろんです)

「今すぐ頼《たの》みたい。金はある」

指定場所を聞いて駅に行くと、指名手配犯《しめいてはいはん》の顔写真が貼《は》られていた。

一家四人を殺した凶悪犯《きょうあくはん》の顔写真などが並《なら》んでいたが、まだ自分の顔はなかった。

数時間後、田代《たしろ》は古びたビルの前に立っていた。繁華街《はんかがい》から裏路地《うらろじ》に入り、細い道を何度も曲がってたどりついた指定の場所だ。

キイイ、と目の前のドアが開いて、大きな白いマスクをつけた男が顔をのぞかせる。

「お待ちしておりました。どうぞ中へ」

男は田代《たしろ》を迎《むか》え入《い》れる。地下に続く階段《かいだん》を降《お》りると手術台《しゅじゅつだい》があった。

「私《わたし》は闇《やみ》の形成外科医でしてね。ここで依頼者《いらいしゃ》の顔を別人につくりかえているのです」

田代《たしろ》は二百万円を渡《わた》す。残りの現金《げんきん》は駅前のコインロッカーに預《あず》けておいた。

「では、こちらに」

うながされて田代《たしろ》は手術台《しゅじゅつだい》に横になった。口にマスクをあてられる。

「顔全体を手術《しゅじゅつ》しますので全身麻酔《ますい》をかけます。目覚めた時、あなたは別人に生まれ変わっていますよ……」

言葉をぜんぶ聞き取れないうちに、田代《たしろ》は深い眠《ねむ》りに落ちていった。

田代《たしろ》は麻酔《ますい》から目を覚ました。まだ地下の手術台《しゅじゅつだい》に横たわっていた。どれくらいの時間がたったのだろうか。周囲に人の気配はなく、闇医者《やみいしゃ》の姿《すがた》も消えていた。感じるのは、顔に残った痛《いた》みと……あっ！

大事なことに気がついた田代《たしろ》は、ズボンのポケットに手を突《つ》っ込《こ》む。

「ないっ！　コインロッカーの鍵《かぎ》がなくなっている……あの野郎《やろう》」

田代《たしろ》はあわてて起き上がる。顔の痛《いた》みを気にしている場合ではない。と、壁《かべ》にかけられていた鏡に顔が映《うつ》る。これはたしかに「自分の顔」ではない。どこかで見た気がするのだが……それよりも、今は金を取り返さないと。

田代《たしろ》は闇《やみ》の形成外科を飛び出して駅前のコインロッカーに走ったが、鍵《かぎ》はすでに開けられて――大金は持ち出されていた。

ちくしょう！

田代《たしろ》は心の中で叫《さけ》ぶ。人から奪《うば》い取《と》った金だ。警察《けいさつ》はもちろん、コインロッカーの管理者にも、金を盗《ぬす》まれたとは言えない。

手持ちの金は数万円しか残っていない。この先オレは、どうやって生きていったらいいんだ。途方《とほう》に暮《く》れながらコインロッカーの前に立っていると……。

「マサオ、マサオじゃないか」

後ろから声がした。田代《たしろ》が振《ふ》り向《む》くと、老婆《ろうば》が立っている。

「ああ……やっぱりマサオだ！　おまえをこの場所で見かけたって親切な人が電話で教えてくれてね……やっと、やっと見つけた」

なんだ、このばあさん。オレはマサオじゃないし、アンタなんか知らねえよ。

無視《むし》して振《ふ》り切《き》ろうとするが、老婆《ろうば》は田代《たしろ》の腕《うで》をつかんで放さない。

「やめろよ、ババア」

「そんなムゴイことを言わないでくれよ、マサオ。おまえは、アタシが産んだ、大切な一人息子じゃないか」

息子？　このばあさんの？

田代《たしろ》が不思議《ふしぎ》そうな顔で見ていると、老婆《ろうば》はカバンから一枚《まい》の写真を取り出した。

「マサオ、おまえもしかして自分がだれであるかを忘《わす》れてしまったのかい？　ほら、これを見てごらん、これはマサオ――おまえにちがいないだろう」

老婆《ろうば》がかざした写真を見ると、本当だ、老婆《ろうば》と男がふたり並《なら》んで写っている。

それはまちがいなく今の「オレの顔」だった。

あの闇医者《やみいしゃ》は「あなたは別人に生まれ変わっていますよ」と言っていた。つまり、オレはこの、見知らぬばあさんの息子の顔になったってコトか？

「思い出したか、マサオ。一緒《いっしょ》に家に帰ろう。おなかはすいてないか」

「あ、ああ」

腹《はら》はすいていた。

そうか――と田代《たしろ》はいいアイデアを思いつく。金が奪《うば》われた今、衣食住の安定が必要だ。オレは「指名手配された田代《たしろ》」ではないのだから、記憶《きおく》を失ったマサオとして、このばあさんの世話になればいいのだ。

「オレさあ……記憶喪失《きおくそうしつ》になってしまったみたいで」

「かわいそうに……早く家に帰って、ごはんを食べよう」

マサオに生まれ変わった田代《たしろ》は、老婆《ろうば》に連れられて家に帰っていった。

その夜。老婆《ろうば》の家でぐっすり寝《ね》ていた田代《たしろ》は、大勢《おおぜい》の男たちに押《お》さえつけられる。

「なっ、何すんだ、テメエら！」

見ると、あたりは紺色《こんいろ》の制服《せいふく》――警察官《けいさつかん》だらけだった。

「中山《なかやま》マサオ、殺人の容疑《ようぎ》で逮捕《たいほ》する」

「ちょ、ちょっと待てよ。オレ、強盗《ごうとう》はしたけど、殺人なんかしてねえぞ！」

「お巡《まわ》りさん、この子は記憶喪失《きおくそうしつ》になってしまったんです」

そばにいた老婆《ろうば》が、泣きながら田代《たしろ》に向かって言う。

「マサオ――おまえは四人も殺してしまったんだ。アタシのかわいい息子にはちがいないが、人を殺してしまった罪《つみ》は償《つぐな》うしかない。お巡《まわ》りさん、よろしくお願いします」

「待て、待て、どういうことだ。オレにはさっぱりわからないぞ！」

警察官《けいさつかん》に連行されながら、田代《たしろ》は「今の顔」がだれであったか、やっと思い出した。

駅のポスターにあった指名手配犯《しめいてはいはん》だった。


《一家四人殺人犯《さつじんはん》、ついに逮捕《たいほ》》のニュースを見て、闇医者《やみいしゃ》が笑っている。

「なにせ一家四人を殺したのだから、『中山《なかやま》マサオ』は死刑確実《しけいかくじつ》だな……イヒヒヒ」

「顔を変えたい」と闇《やみ》サイトにアクセスするやつなんて、犯罪者《はんざいしゃ》に決まってる。こいつを初めて見た時に「一億五千万円を強奪《ごうだつ》した田代《たしろ》」だと、すぐにわかった。

麻酔《ますい》をかけて眠《ねむ》らせている間に金を奪《うば》ってやった。顔を指名手配中の殺人犯《さつじんはん》そっくりに変えたので、田代《たしろ》は捕《つか》まってくれた。駅前のコインロッカーの近くに息子がいると、老婆《ろうば》に電話したのもオレだ。ネットで調べたら、殺人犯《さつじんはん》の家族の連絡先《れんらくさき》だって簡単《かんたん》に手に入った。母親が警察《けいさつ》に通報《つうほう》してくれたおかげで、オレは足がつかずに済《す》んだ。

「大金も手に入ったし、まったくいい客だったよ。もう二度と会うことはないがな」

優《やさ》しい天使

異常《いじょう》気象が続いている。

世界の国々の関係は日増《ひま》しに悪化。

ますます格差《かくさ》が広がる社会。

凶悪《きょうあく》な犯罪《はんざい》が、毎日のように起こっている。

「恐怖《きょうふ》の黒魔王《くろまおう》」なるものが、地球を破滅《はめつ》へ導《みちび》いているという噂《うわさ》が、まことしやかに流れている。

天の国では優《やさ》しい天使が、もうずっと長いこと、心を痛《いた》めていた。

（みながみな、何かしらの恐怖《きょうふ》を抱《かか》えて日々を過《す》ごしている……）

ある時、天使は神に相談した。

「私《わたし》は人間たちの恐怖《きょうふ》を取りのぞき、安らぎを与《あた》えてあげたいのです」

すると、神はこう言った。

「では、おまえは人の姿《すがた》をして、人間界へ行きなさい。そして、人間たちを恐怖《きょうふ》に陥《おとしい》れているものを探《さぐ》るのです」

「はいっ！」

天使は深々と頭を下げ、神の命令に感謝《かんしゃ》した。

（人間たちを恐怖《きょうふ》に陥《おとしい》れるもの。その原因《げんいん》さえ取りのぞけば、みなおだやかに過《す》ごすことができるのだ）


地上に降《お》りたった天使は、まず、子どもたちの恐怖《きょうふ》を先に取りのぞくべきだと考えた。

そして、あどけない子どもの姿《すがた》をして、小学校へまぎれ込《こ》んだ。

「ああ、嫌《いや》だなあ」

さっそく耳に入ったその声を、天使は聞きのがさなかった。

「何が嫌《いや》なの？」

「忘《わす》れ物《もの》、しちゃったんだ。今月、もう三回目。先生にたくさん叱《しか》られて、連絡帳《れんらくちょう》にも書かれちゃった。だから、家に帰ったらお母さんにも叱《しか》られちゃう」

「ふーん」

（子どもたちは、叱《しか》られることを恐《おそ》れている）

と、天使は人には見えないメモ帳に記録した。

するとどこからともなく、ため息が聞こえてきた。天使はすぐに駆《か》けつけた。

「どうしたの？」

「給食が嫌《きら》いなの。好きな食べ物が出ないんだもん。なのに、たくさん食べなさいなんて、ひどいわ」

「ふーん」

天使は、またそっとメモ帳に記録した。

「ああ、マラソン大会なんて嫌《いや》だなあ。疲《つか》れるから、走りたくないよ」

「今日も習い事なんだ。やだやだ。たまにはのんびり遊びたいよ」

「あっ、今週、うさぎ小屋の掃除《そうじ》当番だ。嫌《いや》だな。うんちがくさいんだもん」

そんな声が、ひっきりなしに聞こえてくる。

あっというまに、天使のメモ帳は真っ黒になっていった。

(なんということだ。子どもたちを恐怖《きょうふ》に陥《おとしい》れているものは、私《わたし》が思っていた以上に多い……)


次に、天使は中学校や高校へまぎれ込《こ》んだ。

「あ、明日身体測定《そくてい》じゃん。体重、去年より増《ふ》えてたらどうしよう？　死んだほうがマシ！」

「もうすぐバレンタインか。だれからもチョコをもらえなかったりして。ああ、恐《おそ》ろしすぎる」

「遊園地に行く話、私《わたし》だけ誘《さそ》ってもらえなかったみたい。たまたまかな？　これから誘《さそ》われたらいいけど、まさか仲間外れにされてるの？　でも、聞くのも怖《こわ》い！」

「ああ、もうすぐ受験か。模擬《もぎ》試験ですらおなかが痛《いた》くなるのに、本番なんてどうなることやら……」

天使のメモ帳は、あらかた埋《う》まってしまい、もう書くところがほとんどなかった。

（こんなにも恐《おそ》れているものがあるとは。いったい、何から取りのぞくべきか……）


恐《おそ》れているものが多いのは、小中高生だけではなかった。

大人《おとな》たちもまた、さらに多くの恐怖《きょうふ》を抱《かか》えていたのである。

「うちの会社、最近売り上げ悪いだろ。ボーナスもカットされるかも……。マンションのローンだってあるのに、困《こま》るよ」

「うちの会社なんて、リストラが増《ふ》えてるらしいぜ。今度はオレかもって、恐怖《きょうふ》しかないよ」

「友だちがみんな結婚《けっこん》しているのに、彼氏《かれし》すらいないなんて。私《わたし》、このまま結婚《けっこん》できないのかしら？　ひとりで老後を過《す》ごすなんて、さみしい……」

「うわ、最近しわが増《ふ》えたなあ。体力もおとろえているし。年を取るのが怖《こわ》い！」

「この前の検査《けんさ》でひっかかって、再検査《さいけんさ》なんだ。大きな病気だったらどうしよう？」

天使が予想していた、資源《しげん》が使い果たされること、核戦争《かくせんそう》が起こること、地球の環境《かんきょう》がますます悪化することなどによる恐怖《きょうふ》よりも、みな、もっと身近で個人的《こじんてき》な恐怖《きょうふ》に悩《なや》まされているのだった。

天使はもはや、メモを取る気力を失っていた。次から次へと、泉《いずみ》のように湧《わ》き出《だ》す恐《きょう》怖《ふ》は、きりのないことに思われた。

（いや、しかし、私《わたし》があきらめるわけにはいかない。どうにかして、人々を恐怖《きょうふ》から救わなくては。それが、私《わたし》に与《あた》えられた使命なのだ。何か、ふさわしい方法があるはずだ）

優《やさ》しい天使は、人々のためを思って、悩《なや》みに悩《なや》んだ。

そして、ある時、とうとうすばらしい解決策《かいけつさく》を思いついたのである。

天使はすぐに天の国へ戻《もど》り、神に耳打ちした。

「なるほど」

神はそう言って、ゆっくりとうなずいた。

そして、おもむろに立ち上がると、手にした杖《つえ》をひと振《ふ》りした。


こうして、地球は爆発《ばくはつ》し、あとかたもなく消え去った。

（これでいい。これでよかったのだ。これで、子どもから大人《おとな》まで、みなが抱《かか》える恐怖《きょうふ》がすべて消えたのだ）

優《やさ》しい天使は、にっこりと微笑《ほほえ》んだ。

天使はその優《やさ》しさゆえ、人々が何よりも恐《おそ》れていた、「恐怖《きょうふ》の黒魔王《くろまおう》」と化したのだった。

霊園《れいえん》の一本道

凪中《なぎちゅう》二年の前田《まえだ》は、土曜日の午後、友だちの大藪《おおやぶ》の家に遊びに行っていた。

いつもは電車で行っているが、小遣《こづか》いも尽《つ》きてきたし、頑張《がんば》れば自転車で行ける距離《きょり》だ。それで前田《まえだ》は一時間かけて自転車をこいで向かった。

ふたりはゲームで盛《も》り上《あ》がり、気がつくと外は暗くなっていた。

「やばい、早く帰らないと母ちゃんに怒《おこ》られちゃう」

あわてて大藪《おおやぶ》の家をあとにする。急がないといけないが、自分は自転車で来てしまったのだ。帰りも一時間かかるだろう。

途中《とちゅう》、ポツ、ポツ、と雨が降《ふ》ってきた。

「うわあ、こんな時に限《かぎ》って、最悪だなあ」

前田《まえだ》はボヤきながら、自転車をこぐ。雨足はだんだん強くなってきた。

街灯《がいとう》に照らされた市道をがんばって進んでいると、ずっと先に、暗闇《くらやみ》のような空間が立ちはだかっていた。

「あ、あれは」

前田《まえだ》は、大藪《おおやぶ》の家に向かっていた時の記憶《きおく》を呼《よ》び起《お》こす。

途中《とちゅう》に大きな霊園《れいえん》があった。

地図でその場所を確認《かくにん》したことがある。町がまるごと入るくらい大きな霊園《れいえん》で、その中央には一本道が南北に通っていた。

行きに、この霊園《れいえん》を北側の入口から見た。

鬱蒼《うっそう》と茂《しげ》った木々や、その間に見える墓石《はかいし》が不気味だった。

それで前田《まえだ》は、霊園《れいえん》のまわりをぐるっとまわって南側に抜《ぬ》けた。そっちのほうが車の往来《おうらい》はあるし、住宅《じゅうたく》にも面しているので怖《こわ》いとは思わなかった。けれど大まわりした分だけ時間はかかり、二十分くらいは自転車をこいでいたと思う。

前田《まえだ》は今、霊園《れいえん》の南側の入口にいる。

行きは大まわりして二十分くらいかかったけれど、霊園《れいえん》の一本道をまっすぐ行けば、時間はかなり短縮《たんしゅく》できるはず。

そう思ってペダルに足をかけるが、前田《まえだ》は前に進むのをためらう。

霊園内《れいえんない》は街灯《がいとう》がなくて真っ暗。

昼間の道だって気味が悪かったんだから、こんな時間に行ったら……。

でも、悩《なや》んでいる時間ももったいない。雨だって降《ふ》ってるし。

……ええい、行くしかない！

意を決して、前田《まえだ》は霊園《れいえん》の一本道に突《つ》っ込《こ》んでいく。

オレの力をもってすれば、こんな道、五分もかからずに北側に抜《ぬ》けられるはずだ。

それに、走っている時に横を見なければ、お墓《はか》だって目に入らないはず。オレはただひたすら前に向かって走るのみだ！

そう思いながら、広大な霊園《れいえん》の中に入っていく。

グン、グン、とペダルに力を込《こ》める。前だけを見て、まっすぐに、まっすぐに。

横は見るな。ぜったいに見るな。見たら恐怖《きょうふ》で縮《ちぢ》こまってしまうから。

霊園《れいえん》の真ん中あたりに来ただろうか。周囲はあいかわらず真っ暗で、見えるのは自転車のライトが照らす前方だけ。明かりの中を雨がななめに横切っている。

聞こえてくるのは、サー、サーと降《ふ》りしきる雨の音と、キイイ、キイイと油が切れてきしんでいる自転車の音だけ。

ううう……やっぱ怖《こわ》いなぁ。

この広い空間に、今、オレだけがいる。

周囲には何千ものお墓《はか》があって、そこには死んだ人の骨《ほね》があるわけで、そうなると、死んだ人の霊《れい》も、このまわりにはたくさん――ん？

気のせいだろうか、ペダルが、だんだん重たくなってきた。

いやいやいや、そんなコトないってば。力を入れすぎていたから、足が疲《つか》れてきたにちがいない……んんん？

やっぱり重たくなっている。

乗っているのはママチャリだ。ギアが付いていないから、こぎ続ける力は一定のはずであって、足の疲《つか》れなら霊園《れいえん》に入った時とそれほど変わっていないはずで……。

ヤバイ。これはヤバイ。自転車が何かに引《ひ》っ張《ぱ》られている。

怖《こわ》くて後ろを見ることができない。もし後ろを振《ふ》り向《む》いてしまったら、霊園《れいえん》の闇《やみ》の中にいる「それ」を見てしまうことになる。

早く、早くここから脱出《だっしゅつ》しないと、オレは引《ひ》きずり込《こ》まれてしまう。

前田《まえだ》は、より一層《いっそう》力を込《こ》めて自転車をこいだ。霊園《れいえん》に入ってきた時より、何倍も、何十倍もの力を込《こ》めてペダルを踏《ふ》み、前に進もうとする。

けれどペダルはさらに重たくなり、引《ひ》っ張《ぱ》られる感覚は増《ま》してくるいっぽうだ。

「うわあああっ！」

死《し》に物狂《ものぐる》いでペダルに力を込《こ》めて、前田《まえだ》は自転車をこいだ。

やがて前方に、かすかな光——やった！　霊園《れいえん》の出口が見えてきた。

前田《まえだ》はもてる力を振《ふ》り絞《しぼ》り、出口に向かって突進《とっしん》していく。光に照らされた北側に出た時、それまでずっと自転車を引《ひ》っ張《ぱ》っていた力がすっと抜《ぬ》けた。前田《まえだ》は振《ふ》り向《む》くことなく霊園《れいえん》から走り去っていった。

翌日《よくじつ》。雨はやんでいた。

昨日《きのう》の夜、帰り道で起こったできごとはなんだったのだろうかと、前田《まえだ》は気になってしかたなかった。

霊園《れいえん》の一本道に何かがいて、オレはそれに引《ひ》きずり込《こ》まれそうになったのだ——そう思うと、前田《まえだ》は事実を確《たし》かめずにはいられなくなる。

昼間の明るい時間に行けば大丈夫《だいじょうぶ》だろう——そう思って前田《まえだ》は再《ふたた》び、自分が恐怖《きょうふ》体験をした現場《げんば》に行くことにした。

そして霊園《れいえん》の北側に到着《とうちゃく》した時、彼《かれ》は衝撃《しょうげき》の事実を目《ま》の当《あ》たりにする。

「ここ……坂道だったんだ」

妖《よう》怪《かい》ネット

今日の社会の授業《じゅぎょう》は、インターネットを使った調べ学習だった。

キーワードを打《う》ち込《こ》んで検《けん》索《さく》すれば、一瞬《いっしゅん》で様々な情報《じょうほう》を得ることができる。

「すごいなあ」

まるで魔《ま》法《ほう》みたいだと、和彦《かずひこ》は感動した。

和彦《かずひこ》の両親は、子どもがインターネットを使うことをあまりよく思っていない。だから パソコンはおろか、スマートフォンですらめったにさわらせてもらえなかった。

（どうしてパパとママは、こんなに便利なものを使っちゃだめって言うんだろう？）

和彦《かずひこ》が住んでいるのは、山に囲まれた小さな町だった。住宅街《じゅうたくがい》を抜《ぬ》けて、さらに山のほうへ進んだところに和彦《かずひこ》の家がある。友だちと遊べない日、和彦《かずひこ》は家のすぐ裏《うら》にある山すそのあたりで、ひとりで遊ぶことが多かった。

両親からきつく言われていることもあり、ふだんは決してひとりで山に入らない和彦《かずひこ》だが、今日は風に揺《ゆ》れる花に見とれて歩いているうちに、山へと踏《ふ》み入《い》ってしまった。

(天気もいいし、まだ明るいから、ちょっとくらいならいいよな)

細い山道をしばらく歩いていくと、少し開けたところへ出た。

(こんなところまで来たのは初めてかも)

和彦《かずひこ》は足を止めて、あたりを見まわした。

ふと、視界《しかい》に入ったものに違和感《いわかん》を覚えて目をこらすと、大きな木の根もとに、何やらごちゃごちゃとしたかたまりがあった。

(あれはなんだろう?)

その正体を確《たし》かめようと、和彦《かずひこ》はそばへ近寄《ちかよ》っていく。

すると、そこには、だれかが不法に捨《す》てたと思われる、古い電化製品《せいひん》が積んであった。

（古いテレビに、冷蔵庫《れいぞうこ》に、電子レンジ……。あれ？）

和彦《かずひこ》はそのかたまりの中に、ノートパソコンがあるのを見つけた。これはまだ、それほど古くはないように思える。しかも、よく見るとメモが貼《は》ってあり、そこには、

『ネットつながります。欲《ほ》しい方、どうぞ』

と書いてあったのだ。

（ほんとに？）

和彦《かずひこ》ははやる胸《むね》を抑《おさ》え、パソコンを拾い上げると、両親に見つからないよう注意しながら、自分の部屋へと持ち帰った。

しかし、すぐに夕飯の時間となり、そのあとは宿題に時間がかかって、結局、その日はパソコンに触《ふ》れないまま、和彦《かずひこ》はベッドに入った。

夜中の十二時過《す》ぎ。何かに呼《よ》ばれたような気がして、ふと目を覚ました和彦《かずひこ》は、机《つくえ》の上に置いていたパソコンが、うっすらと光っているのに気づいた。

「えっ、どうして？　電源《でんげん》を入れていないのに」

こわごわ近寄《ちかよ》って見てみると、学校で使ったパソコンと同じような画面が和彦《かずひこ》を待っていた。

「わあ、本当に使えるんだ。すごい！　まずは何をしよう？」

「ニュース」という文字を見つけた和彦《かずひこ》は、そこをクリックした。

すると、画面に一枚《まい》の写真と、それについて説明している文章が現《あらわ》れた。

「九月四日の午後、河野河太郎《かわのかわたろう》さんが、馬のしっぽの毛を抜《ぬ》こうとして失敗し、馬にけられて重傷《じゅうしょう》を負いました」

写真は、カッパのコスプレをした人が、馬にけられている瞬間《しゅんかん》をとらえたものだった。

（変なニュース。なんでカッパのコスプレをして馬の毛を抜《ぬ》こうと思ったんだろう？）

このニュースに対し、次のようなコメントが寄《よ》せられていた。

「最近の若《わか》いやつは、馬のしっぽの毛も満足に抜《ぬ》けないのか！　情《なさ》けない」

「こういう痛《いた》ましい事故《じこ》が起こるのは、学校教育に問題があるからだ」

他のニュースも、現実離《げんじつばな》れした奇妙《きみょう》なものばかりだった。

小豆《あずき》が不作で入手しづらくなり、小豆《あずき》がとげないとなげいている小豆《あずき》とぎ。

最新のメイクで美しい女性《じょせい》に変身し、映画《えいが》に出演《しゅつえん》したというのっぺらぼう。

いずれも、真面目《まじめ》に取り上げられてはいるものの、とても現実《げんじつ》とは思えない。

(わかった！　これってきっと、妖怪《ようかい》好きな人がつくっているページなんだ。妖怪《ようかい》の世界だったら、こんなニュースがあるはずだって考えたんだよ、きっと。おもしろいな)

さらに読み進んでいった和彦《かずひこ》は、記事のすみっこのほうに「友だち募集《ぼしゅう》」という文字を見つけた。そこをクリックすると、別の画面が立ち上がった。

そこには、カッパのコスプレをしたあどけない少年の写真があり、こう書いてあった。

「河野河彦《かわのかわひこ》といいます。メールで文通してくれる友だちを募集《ぼしゅう》しています。友だちになってくれる方は、メッセージを送ってください」

(なるほど。この子はきっとカッパが大好きなんだ！　ぼくも妖怪《ようかい》の中では、カッパが一番好きだし、仲良くなれそう。偶然《ぐうぜん》だけど名前も似《に》ているし)

和彦《かずひこ》はさっそくメッセージを送った。

「川村和彦《かわむらかずひこ》といいます。小学五年生で、カッパです。友だちになってください」

この時、和彦《かずひこ》は「カッパが好きです」と書くつもりが、キーボードの扱《あつか》いに慣《な》れていなかったため、まちがえてしまった。しかし、本人はまったく気がついていなかった。
二、三分ほどたつと、すぐに返事がきた。
「和彦《かずひこ》くん、メッセージありがとう。うれしいです。ぼくも五年生です。これから、仲良くしてください」

(やったー! インターネットを通じて、友だちができちゃった)

それからふたりは、毎日メッセージを送り合うようになった。

和彦《かずひこ》は、学校のこと、クラスメイトのこと、家族のことなど、なんでも河彦《かわひこ》に教えた。河彦《かわひこ》もまた、同じようになんでも教えてくれた。和彦《かずひこ》は、クラスの友だちよりも、まだ会ったことのない河彦《かわひこ》のほうが、ずっと気が合うと思いはじめていた。

そして、どちらからともなく、会って一緒《いっしょ》に遊ぼうという話になった。

「和彦《かずひこ》の家の近くの川で待ち合わせしよう。そこまで行くよ。なんていう川？」

「どうして川で待ち合わせするの？　まあ、いいけど。A《エー》川だよ」

「A《エー》川かあ。ここからはちょっと遠いけど、何度か行ったことがある。和彦《かずひこ》はカッパのくせに、泳ぎが苦手みたいだから、オレが行ったほうがいいだろ？　A《エー》川の流れがおだやかなところの川底に、横穴《よこあな》があるから、そこで待ち合わせしよう」

「えっ、川底？　ふふ、なかなかおもしろい冗談《じょうだん》言うね。で、本当の待ち合わせ場所はどうする？　橋の上とか？」

「何言ってるんだよ。橋の上なんて、人間に見つかったら大変だろ」

「またまた。河彦《かわひこ》くんたら、すっかりカッパになりきっちゃって」

「なりきる？　――和彦《かずひこ》ってもしかして、本当はカッパじゃないのか？」

「もう、そろそろ冗談《じょうだん》はやめてよ。人間に決まってるでしょ！」

「うそだろ？」

「本当だよ」

「そんな……カッパだって言ったじゃないか！」

「カッパが好きって言ったんだよ。それがどうかしたの？」

「和彦《かずひこ》、どうやってこのネットに入ってきたんだ？」

「山で拾ったパソコンを開いたら、勝手につながったんだ」

「なんだって！　そうか、最近そうやって人間を妖怪《ようかい》の世界に引《ひ》きずり込《こ》んで、悪さをするやつらがいるって聞いたことがある。和彦《かずひこ》、よく聞いて。オレは正真正銘《しょうしんしょうめい》のカッパだ。今、オレたちがやりとりしているのは、『妖怪《ようかい》ネット』といって、本来、妖怪《ようかい》しか見ることができないものなんだ。すぐにやめて、そのパソコンは捨《す》てたほうがいい」

「そんな！　そしたら、河彦《かわひこ》くんとはこれからどうやってやりとりするの？」

「もう、しちゃだめだ！」

「嫌《いや》だ！　せっかく友だちになれたのに。そんなのさみしいよ」

「オレだってさみしいけど……。でも、このまま続けていたら、きっと悪いことが起こる。妖怪《ようかい》の中には、人間を慕《した》うものもいるけど、だましたり、襲《おそ》って食べたりするものもいるんだから。そういう妖怪《ようかい》に見つからないうちに、今すぐやめるんだ」

「嫌《いや》だよ」

「いいか和彦《かずひこ》、これを見ろ！」

河彦《かわひこ》が、あるサイトの画像《がぞう》を送ってきた。和彦《かずひこ》がそれを開くと、世にも恐《おそ》ろしい光景が現《あらわ》れた。

悪趣味《あくしゅみ》に着飾《きかざ》った鬼《おに》たちが、これまた悪趣味《あくしゅみ》に飾《かざ》りつけた会場でパーティーをしている写真。よく見ると皿の上には、人間の子どもがのっていたのだ。写真の下には、こう書かれていた。

「今日のディナーは久々《ひさびさ》に人間の子ども！　おいしくいただきました♡」

和彦《かずひこ》は「うわあっ」と叫《さけ》び声《ごえ》をあげて、すぐさまそのページを閉《と》じた。そこへ、河彦《かわひこ》から新たなメッセージが届《とど》いた。

「わかったか？　こうなりたくなかったら、このネットを今すぐにやめるんだ」

和彦《かずひこ》は泣きながら、パソコンを閉《と》じた。そして、すぐに、拾った場所へパソコンを戻《もど》しに行った。和彦《かずひこ》が手を放した瞬間《しゅんかん》、パソコンはあとかたもなく消えてしまった。

それから、和彦《かずひこ》はネットに対する興味《きょうみ》を失い、両親がパソコンやスマートフォンをさわっていても、見向きもしなくなった。

和彦《かずひこ》の変わりようを心配した両親が、パソコンを自由に使っていいと言い出した。母親が何度もすすめてくるので、和彦《かずひこ》はしぶしぶパソコンの前に座《すわ》った。

今度はもちろん、妖怪《ようかい》ネットではなく、人間の世界のネットにつながっている。

「ほら、こういう写真がいっぱいのサイトもあるのよ」

と母親が見せてくれたページには、きれいに着飾《きかざ》った女の人たちがパーティーをしている写真がアップされていた。写真の下には、こう書かれていた。

「今日のディナーは久々《ひさびさ》に子牛のステーキ！　おいしくいただきました♡」

（なんだ。人間だって妖怪《ようかい》だって、たいして変わりはないじゃないか）

和彦《かずひこ》はそう思い、すぐにパソコンの前を離《はな》れたのだった。

恐怖《きょうふ》スパイス

コンビニの調味料の棚《たな》で見つけた黒い小瓶《こびん》、〈恐怖《きょうふ》スパイス〉。コショウのような粉末で、料理に振《ふ》りかければ恐怖《きょうふ》を味わえるらしい。ホラー好きのおれは、即買《そくが》いした。

家に帰るとさっそく、インスタントラーメンをつくり〈恐怖《きょうふ》スパイス〉を振《ふ》りかけてみる。香《かお》りに、全身の毛がぞぞぞと、そそけ立つ。麺《めん》が、口の中で生き物のごとく、のたうつ。かめば、うめき声や悲鳴が頭蓋骨《ずがいこつ》に響《ひび》く。す、すごい、なんてリアルな恐怖《きょうふ》だ。

おれは〈恐怖《きょうふ》スパイス〉にハマり、コーヒーにもごはんにも、なんにでも振《ふ》りかけた。じきに、スパイスを直《じか》になめたくて、手のひらに振《ふ》りかけるようになった。

外を歩けば、花壇《かだん》で赤いバラがぽとりぽとりと血を滴《したた》らせる。マンションのベランダの物干《ものほ》しざおには、首吊《くびつ》り死体が並《なら》んで揺《ゆ》れている。電信柱の黒々とした影《かげ》はおれの足元で地の裂《さ》け目《め》となり、この世のものとは思えぬ悪臭《あくしゅう》が噴《ふ》き上《あ》がる。走る車は皆《みな》、こっちに突《つ》っ込《こ》んできたがっている。世界の終末を予言する赤《あか》ん坊《ぼう》の泣き声が、どこからか響《ひび》き渡《わた》る。ホラーチックパラダイスだ。

コンビニで売っている〈恐怖《きょうふ》スパイス〉では物足りなく感じはじめたころ、メーカー直売〈深・恐怖《きょうふ》スパイス〉のネット販売《はんばい》がはじまった。もちろんすぐに定期購入《こうにゅう》を申《もう》し込《こ》み、商品もほどなく届《とど》いた。説明書にはこうあった。

「〈深・恐怖《きょうふ》スパイス〉はあなたの深層《しんそう》に潜《ひそ》む恐怖《きょうふ》を掘《ほ》り起《お》こします。寝《ね》る前のお飲み物などに振《ふ》りかけるのがおすすめです」

さっそく寝《ね》る前に手のひらにひと振《ふ》り、いやふた振《ふ》りして、なめた。

その夜、夢《ゆめ》を見た。空気を震《ふる》わす低く不気味な羽音に追われている。スズメバチの大《たい》群《ぐん》だ。必死で逃《に》げたが、追いつかれ、取り囲まれた。獰猛《どうもう》な顔、頑丈《がんじょう》そうなあご、まがまがしい黄色と黒のしまもよう。一番恐《おそ》ろしいのは、腹部《ふくぶ》の先の毒針《どくばり》。スズメバチは怒《いか》り狂《くる》っている。大きな目でおれを見据《みす》え、あごをカチカチと鳴らす。その体がくいっと曲がる。毒針《どくばり》が迫《せま》る。その痛《いた》さをおれは知っている。

自分の叫《さけ》び声《ごえ》で目が覚めた。飛び起き、あたりを見まわす。おれの部屋だ。ああ、夢《ゆめ》かと安心しかけた時、枕元《まくらもと》でハチの羽音がした。おれは、ベッドから転げ落ちる。羽音が大きくなる。まずい、怒《いか》り狂《くる》っている。今日まで忘《わす》れていたが、おれはスズメバチに刺《さ》されたことがある。あの苦痛《くつう》は、すさまじかった。もう一度刺《さ》されたら、アナフィラキシーショックを起こして、死んでしまうかもしれない。幼《おさな》いころのことだとはいえ、どうして忘《わす》れていたんだろう。羽音はまた一段《いちだん》と大きくなった。心臓《しんぞう》がバクバクする。足に力が入らない。刺《さ》された場合にそなえて先に救急車を呼《よ》んでおこうか。命に関わる。スマートフォンはどこだ？　枕元《まくらもと》に置いてあったはずだが。

そこでやっと、気づいた。これはハチの羽音ではなく、目覚ましがわりのスマートフォンのアラームバイブじゃないか？　おそるおそる立ち上がり、音の出どころがスマートフォンであることを確認《かくにん》し、バイブを止めた。

ははは。パニクって部屋から逃《に》げ出《だ》すことさえ思いつかなかった。これが深層《しんそう》から掘《ほ》り出《だ》した恐怖《きょうふ》ってやつか。まあまあだな。

が、そのあと、出勤途中《しゅっきんとちゅう》の駅で、おれは再《ふたた》びすくみあがった。電車の走る音だと頭ではわかっていながら、それがハチの大群《たいぐん》の羽音にしか聞こえない。冷《ひ》や汗《あせ》を流し、足をぎこちなく動かし、必死に駅から離《はな》れた。仕事は休んだ。

その夜も〈深・恐怖《きょうふ》スパイス〉をなめた。歯医者で泣きわめき押《お》さえつけられている夢《ゆめ》を見た。

朝、目覚めると、歯が痛《いた》い。さっそく、歯医者に予約を入れた。悪い歯を早急に治してくれと。歯医者嫌《ぎら》いで長く行ってなかったから、かなり悪いはずだ。職場《しょくば》には、歯が痛《いた》くて仕事どころではないから休むと、連絡《れんらく》した。

歯科医院の診察室《しんさつしつ》は、ひんやり湿《しめ》った薬品臭《やくひんしゅう》がする。治療用《ちりょうよう》の椅子《いす》に座《すわ》れば目の前に、冷たく銀色に光る、すばらしい拷問《ごうもん》器具の数々。おれの中で、ホラー好きのおれと、歯医者嫌《ぎら》いのおれが、せめぎ合う。興奮《こうふん》と恐怖《きょうふ》で、心臓《しんぞう》がいかれてしまいそうだ。

医師《いし》がやってきた。顔が青ざめ、目は見開かれている。吐《は》く息は、独特《どくとく》なあのにおい。

たがいにひとめで、同志《どうし》だとわかり合った。〈深・恐怖《きょうふ》スパイス〉愛用者だ。

医師《いし》が器具を手に取り、ささやく。

「う、動かないでね。口の中、切ったら大変だからね」

この医師《いし》は過去《かこ》に治療《ちりょう》で大きな失敗をしたことがあって、その時の恐怖《きょうふ》を、掘《ほ》り起《お》こしてしまったのだろう。どんな失敗だったのだろうか。

医師《いし》がつぶやく。

「あごの骨《ほね》を削《けず》ったら大惨事《だいさんじ》。ああ、また、くしゃみが出たらどうしよう」

おれの体が震《ふる》え出《だ》す。医師《いし》の手はもっと震《ふる》えている。器具の先がおれに近づく。きぃいいいいいん。気絶寸前《きぜつすんぜん》の恐怖《きょうふ》を味わった。

ああ、なんて充実《じゅうじつ》した人生だ。

だがそんな恐怖《きょうふ》ですら、やがて日常《にちじょう》となって色あせた。おれは、恐怖《きょうふ》スパイスをつくっているメーカーに、もっと強い恐怖《きょうふ》スパイスをつくれと、メールした。顧客《こきゃく》を満足させる、それが、メーカーの責任《せきにん》だろ？　すぐに返信が来た。

「貴重《きちょう》なご意見、ありがとうございます。ただいま、さらなる恐怖《きょうふ》を開発中です。ご期待にそえるものが完成したあかつきには、ぜひ、お客様にモニターをお願いしたく存《ぞん》じます。その際《さい》には再度《さいど》ご連絡《れんらく》いたしますので、今しばらく、お待ちください」

なかなか見どころのあるメーカーだ。おれは、待った。コンビニの〈恐怖《きょうふ》スパイス〉や通販《つうはん》の〈深・恐怖《きょうふ》スパイス〉を毎日なめながら。そしてやっと、そのメールが届《とど》いた。

「選ばれたあなたにだけお贈《おく》りする、〈最終恐怖《きょうふ》〉へのご招待《しょうたい》!

場所・恐怖《きょうふ》スパイス研究所

ご都合のつくコースをお選びください(一週間コースをおすすめします)。

八時間コース

二泊《はく》三日コース

一週間コース　☆じわじわ染《し》み込《こ》み凝縮《ぎょうしゅく》される最高レベルの恐怖《きょうふ》!」

もちろん、一週間コースを申《もう》し込《こ》んだ。だが職場《しょくば》に一週間の休暇願《きゅうかねがい》を出したら、嫌《いや》がられた。いつのまにか有給休暇《きゅうか》を使いきっていたらしい。しかたない。退職届《たいしょくとどけ》を出そう。

〈最終恐怖《きょうふ》〉を味わうチャンスをのがしたら、一生後悔《こうかい》するからな。

さて、その当日。指定された駅で降《お》り、迎《むか》えの車に乗る。運転手は研究所の職員《しょくいん》。乗客はおれひとりだ。走ること三十分、研究所は人里離《はな》れたところにあった。

「人の体に入れるものですからね、空気や水のおいしいところでつくっています」

と、職員《しょくいん》。建物も広く清潔《せいけつ》だ。おれもここで働きたいくらいだ。

到着《とうちゃく》すると、白衣を着た研究者たちがにこやかにおれを出迎《でむか》え、あいさつもそこそこに、おれの口の中をのぞき込《こ》んだり、まぶたの裏《うら》を見たり、腕《うで》から血を採《と》ったりした。

「お客様の体内恐怖《きょうふ》スパイスの濃度《のうど》は、実にハイレベルです。いや、すばらしい」

研究者たちに拍手《はくしゅ》され、おれは誇《ほこ》らしくなる。

「おっと、書類手続きを忘《わす》れるところでした。今回はモニターとしてご協力いただくことになりますので、こちらにご署名《しょめい》を。そのあと、〈最終恐怖《きょうふ》〉へとご案内いたします」

何があっても自己責任《せきにん》、そんな書類らしい。読み飛ばし、何枚《なんまい》かの書類に署名《しょめい》した。

「ではまずシャワーを。そのあと、ミストで恐怖《きょうふ》成分を全身から吸収《きゅうしゅう》していただきます」

そして今、サウナ室にいる。裸《はだか》でミストを浴びながら、大型テレビを見ている。映《うつ》っているのはサウナ室にいる男。動きまわっていた男がやがて目と口を大きく開けたまま動かなくなり、肌《はだ》が乾燥《かんそう》し黒ずみ干《ひ》からびたミイラになり、運び出され、大きなミキサーに放《ほう》り込《こ》まれ、粉々になり、黒い粉となり、びん詰《づ》めされ、〈恐怖《きょうふ》スパイス〉とラベルが貼《は》られる。迫真《はくしん》の演技《えんぎ》だが、ストーリーが平凡《へいぼん》だ。

数時間後。何度試してもドアが開かない。叩《たた》いても叫《さけ》んでも、だれも来ない。どういうことだ。まさか……。いや、わかったぞ、これも恐怖《きょうふ》の演出《えんしゅつ》だ。

さらに十数時間後。熱中症《ねっちゅうしょう》になったのか、もう動けない。声も出ない。横たわり苦しさに口を開け目を見開いて、テレビ画面に何十回もくり返される恐怖《きょうふ》スパイス製造《せいぞう》映像《えいぞう》を見ている。

……何日たったのだろう。もう指一本動かせず、目もよく見えないが、意識《いしき》はある。ミストで調整しているのだろう。おれは、一週間かけて、ゆっくり乾《かわ》いていく。おれの最期《さいご》の恐怖《きょうふ》が、体内に凝縮《ぎょうしゅく》されていく。

絵の中の少女

――なんだろう、すごく気になる。

玲奈《れいな》が見ていたのは、児童館にある一枚《まい》の絵だった。

児童館の一階の奥《おく》には多目的ホールがあり、放課後になると子どもたちがやってきて、卓球《たっきゅう》などをして夕方近くまで過《す》ごす。

玲奈《れいな》も週に何度かやってきて、ここで友だちと遊んでいた。

「ねえねえ、あの絵」

友だちのひとり、清香《きよか》に玲奈《れいな》は話しかける。

「私《わたし》、前からずっと気になってるんだよね。ホールの壁《かべ》に、当たり前のようにかけてあるけど、壁《かべ》にはあの絵一枚《まい》だけでしょ。それとさあ」

玲奈《れいな》は絵をゆっくりと指さす。

「なんかあの絵、不思議《ふしぎ》な感じしない？　大きな木の下に女の子がひとりだけ。ぽつんと立って、さびしそうにこっちを見てる」

「不思議《ふしぎ》っていうか、気味悪くない？」

不安そうな声で清香《きよか》は答える。

「うーん。私《わたし》はそうは思わないな。それよりも、どうしてこの女の子は、さびしそうな顔をしてるのか気になる。友だち、いないのかな」

「ふふ。玲奈《れいな》って、優《やさ》しいね」

「そんなことないって、ただ気になっただけだってば」

ほめられてはずかしくなった玲奈《れいな》は、話を変えようとする。

「ねえ清香《きよか》、フラフープやろうよ。どっちが多くまわせるか競争しよう」

「OK《オーケー》」

ふたりは絵から離《はな》れていった。

翌週《よくしゅう》。また児童館に遊びに来ていた玲奈《れいな》は、思いきって職員《しょくいん》のおじさんに絵のことを質問《しつもん》してみた。

「うーん。私《わたし》もここに勤務《きんむ》して五年になるけど、そういえばあの絵のことを詳《くわ》しくは知らないなあ」

そう言って、おじさんは電話をかける。市の担当者《たんとうしゃ》に詳《くわ》しい話を聞いてくれたのだ。

「やっぱり、詳《くわ》しくわかる人はいないみたいなんだ。この児童館は、見ての通り古くて歴史のある建物なんだけれど、ずっと前に勤《つと》めていた人の話では、五十年前にはもうあの絵は壁《かべ》にかけられていたそうだよ。不気味な感じがするから取り外そうかって意見もあったけれど、市民のだれかが寄贈《きぞう》してくれたものだろうから、そのままに……ってことで、ずっとあそこにかけられているそうだ」

「そうなんですか。ありがとうございます」

おじさんにお礼を言って、玲奈《れいな》はまた絵に向き合った。

あいかわらず、女の子はさびしそうな顔をしてこっちを見ている。

――ねえ、あなたはだれなの？

――どうして、そんなにさびしそうな顔をしてるの？

そう心の中で問いかけてみても、絵の中の女の子は何もしゃべらず、じっと玲奈《れいな》を見つめるだけ。


玲奈《れいな》たちが児童館の多目的ホールで遊んでいると、閉館《へいかん》を告げるチャイムが鳴った。

清香《きよか》たちと一緒《いっしょ》に児童館の玄関《げんかん》を出た時、玲奈《れいな》は「あっ」と気づく。

「いけない。帽子《ぼうし》を忘《わす》れてきちゃった。私《わたし》は戻《もど》るから、みんなは先に帰って」

玲奈《れいな》だけがホールに戻《もど》り、テーブルに置いてあった帽子《ぼうし》を手に取った――その時だ。

背後《はいご》に、人の気配。

だれかいる。私《わたし》が入ってきた時、ホールにはだれもいなかったはずなのに。

ゾゾゾッ、と全身に鳥肌《とりはだ》が立つ。

玲奈《れいな》は、恐怖《きょうふ》で体が固まってしまい、振《ふ》り向《む》くことができない。

すると「ねえ、玲奈《れいな》」と、女の子の声が聞こえてきた。

私《わたし》の名前を呼《よ》んでいる――ということは、友だちも戻《もど》ってきてくれたんだ。

安心した玲奈《れいな》は、緊張《きんちょう》がとけてゆっくりと振《ふ》り向《む》いた。

見覚えのある女の子が、自分を見つめている。でもこの子、だれだっけ？

「ねえ、玲奈《れいな》。一緒《いっしょ》に遊ぼう」

「遊ぼうって……もう閉館《へいかん》時間だし。それにあなた、だれ……あっ」

壁《かべ》にかかっている、いつもの絵が目に入った。

大きな木の下――女の子の姿《すがた》が消えている。

「もしかして、あなた」

声を震《ふる》わせる玲奈《れいな》に、女の子はニッコリ微笑《ほほえ》んだ。

「いつも気にしてくれてありがと。あなたと遊びたいって、ずっと思ってたの」


翌日《よくじつ》。

「昨日《きのう》の夜、玲奈《れいな》さんが通ったと思われる帰り道の防犯《ぼうはん》カメラを確認《かくにん》してみましたが、彼女《かのじょ》らしき人物はどこにも映《うつ》っていませんでした」

「それはつまり、うちの児童館で姿《すがた》を消した……ということでしょうか」

「その可能性《かのうせい》が考えられます。不審《ふしん》な人物、車が出入りしていなかったか、詳《くわ》しく調べたいのです。それから昨日《きのう》の玲奈《れいな》さんの服装《ふくそう》ですが……」

夜になっても家に帰ってこない我《わ》が子《こ》を心配して、両親が警察《けいさつ》に捜索願《そうさくねがい》を出してから十二時間以上たったが、玲奈《れいな》はまだ見つかっていない。

児童館の多目的ホールで、数名の警察官《けいさつかん》が職員《しょくいん》のおじさんに事情《じじょう》を聞いている。最後に玲奈《れいな》が立《た》ち寄《よ》ったのは、忘《わす》れ物《もの》を取りに引き返した、この場所だった。

大人《おとな》たちは、ああでもない、こうでもない、と話している。

だが彼《かれ》らは、壁《かべ》にかけられている絵に気づいていない。

大きな木の下。

女の子がふたり、楽しそうに遊んでいる姿《すがた》があった。

鬼《おに》は外

雫《しずく》は中学一年生。三学期になってから、学校へ行っていない。両親が仕事に出ている昼間、ひとりで家にいるのが苦しくなって、ばあちゃんに電話した。優《やさ》しい声が答えた。

「お泊《とま》りしにおいで。もうすぐ節分だ。一緒《いっしょ》に『鬼《おに》は外』をしよう」

通学カバンに着替《きが》えを詰《つ》め込《こ》んで家を出た。

電車を降《お》りたら、冷たい空気が頬《ほお》をぴしゃりと叩《たた》いた。そこからバスで川沿《かわぞ》いの道を五十分。マンションもビルもコンビニも見当たらない。かわりに山が近くに見え、田んぼや畑が広がり、瓦屋根《かわらやね》の家がぽつぽつ。どこも庭が広い。小さいころから親に連れられ、年に一度は遊びに来ていた。川で泳いだり蛍《ほたる》を追いかけたり。でも、寒い季節に来たのも、ひとりで来たのも、今回が初めてだ。夏休みには青く澄《す》み渡《わた》っていた空が、今日はどんより灰色《はいいろ》がかって重く垂《た》れさがっている。

バス停に、ばあちゃんが立っているのを見たら、泣きそうになった。

数日は、ばあちゃんと散歩したり、料理を教わったりして過《す》ごした。

そして、きぃんと空気の澄《す》んだ節分の日。家中の掃除《そうじ》をしてから、山すその湧《わ》き水《みず》を汲《く》みに行った。村の人たちが、水筒《すいとう》や鍋《なべ》を手に並《なら》んでいた。ふだんは仲良くおしゃべりしているのに、今朝《けさ》は、たがいに会釈《えしゃく》するだけ。静かだった。岩を流れ落ちてくる小さな滝《たき》のような湧《わ》き水《みず》を、ばあちゃんと雫《しずく》も、水筒《すいとう》に入れた。

家に帰るとばあちゃんは、その水でふきんを湿《しめ》らせ、雫《しずく》に渡《わた》した。

「玄関先《げんかんさき》の鬼《おに》ヒイラギの葉を拭《ふ》いておくれ。『清め』だから、ていねいにね」

鬼《おに》ヒイラギの葉は、厚《あつ》みがあって固くて、まわりがギザギザしている。ギザギザが指先にあたると痛《いた》い。強く押《お》しあてたら皮膚《ひふ》が切れちゃいそう。

そして夜。夕食後、ばあちゃんは、戸棚《とだな》の奥《おく》から黒い茶筒《ちゃづつ》を出し、中身をざざぁとぜんぶ、小鍋《こなべ》にあけた。真っ黒な粉だ。そこに水筒《すいとう》の湧《わ》き水《みず》を入れ、火にかける。

「それ、お茶っ葉なの？」

「鬼茶《おにちゃ》さ」

「おにちゃ？」

「鬼《おに》を百日間、鬼《おに》ヒイラギの葉に刺《さ》し、そのあとザルに広げてお天道様の下で百日間干《ほ》し、それから鍋《なべ》でから煎《い》りして、すりこぎで粉にして、茶筒《ちゃづつ》にしまっておいて、節分の夜に、こうやって山の湧《わ》き水《みず》で煮出《にだ》すのさ」

ばあちゃんは、鍋《なべ》の中身をふたつの湯飲みに分け、居間《いま》のコタツへと運んだ。なぜだか、窓《まど》を開ける。外の冷たい夜気が入《はい》り込《こ》んでくる。

「さ、お座《すわ》り。熱いから、冷めてから飲むといい。あたしは先にいただくよ。ふふふ、びっくりするだろうけれど、怖《こわ》がることも、あわてる必要もないからね」

ばあちゃんはお茶をこくりこくり、とふたくち飲み、ふぅっと息を吐《は》いて、湯飲みを置いた。宙《ちゅう》を見ながら話しはじめる。

「お盆《ぼん》に、稔《みのる》一家が来てね」

稔《みのる》おじさんは、ママの兄さん。奥《おく》さんと小学生の兄妹、四人家族だ。

「嫁《よめ》が言ったのよ。『お義母《かあ》さんはこんな大きなおうちに住めてうらやましい。うちのマンションはせまくて』って。だから、こう返事したの。『引《ひ》っ越《こ》してくるかい?』。そしたら、キリキリっと目を吊《つ》り上《あ》げて『同居《どうきょ》しなかったことをまだ根にもってるんですかっ』だって。根にもちたくないから鬼茶《おにちゃ》を飲むのさ。嫌《いや》な気持ちは節分限《かぎ》り、鬼《おに》は外」

鬼《おに》は外、と言った口が大きく開いた。と、喉《のど》の奥《おく》からにゅっと小さな手が伸《の》びて、下《した》唇《くちびる》に張《は》りついた。あ、もうひとつ、手が出てきた。細い腕《うで》も二本見える。と、それは口から飛び出し、コタツの上に立った。五センチほどの……鬼《おに》だ。全身紫色《むらさきいろ》で長い手足にツノのある頭。鬼《おに》は身軽にはねて、開け放った窓《まど》から外へ出て行った。

なんで、ばあちゃんの口から鬼《おに》が? おどろいて声も出ない雫《しずく》に、ばあちゃんはにっこりうなずき、湯飲みを持つ。残りをごくごくと飲《の》み干《ほ》し、また宙《ちゅう》を見て話しはじめた。

「去年、畑泥棒《はたけどろぼう》が出てね。うちの畑だけじゃない、あちこちでやられた。野菜も花も、懸命《けんめい》に育ててやっと収穫《しゅうかく》かなというころに、手あたりしだい。夜中に車で持って行ったらしい。罰当《ばちあ》たりなやつよ。本当に胸《むな》くそ悪いが、それも節分限《かぎ》り、鬼《おに》は外」

また、ばあちゃんの口から小鬼《こおに》が現《あらわ》れた。さっきのより大きくてえんじ色。それもひょこひょこ、窓《まど》から出て行った。

ばあちゃんがふふふと笑って、雫《しずく》を見た。それでやっと、雫《しずく》は声を出せた。

「ば、ばあちゃん、大丈夫《だいじょうぶ》なの？　今の、鬼《おに》だよね」

「これが、この村の『鬼《おに》は外』」

「鬼《おに》、放っといていいの？　どこへ行ったの？」

「一匹《ぴき》めは、息子夫婦《ふうふ》のところへ、二匹《ひき》めは畑泥棒《はたけどろぼう》のところへ」

「どうなるの？」

「もう少ししたらわかる。さ、雫《しずく》もお飲み。ちょっと大人《おとな》の味だよ。最後に『鬼《おに》は外』って言うのを忘《わす》れずに」

湯飲みを持つ。黒いお茶が揺《ゆ》れる。雨の林のにおい。ヒイラギの葉のにおいも交じってる。口に含《ふく》んだ。苦い。少しザラザラしてる。目を閉《と》じ、一気に飲んだ。

おなかの中でお茶がうずまく。おなかの底のよどみに泡《あわ》が浮《う》き上《あ》がる。泡《あわ》が割《わ》れて、言葉になって口から出た。

「同じクラスのマリちゃんに、嫌《きら》われてるの。中学校で知り合った子なんだけど……入学式の日から、あたしのことにらんで、耳元で『ブスだね』ってささやいたの」

マリちゃんは美人で頭もいい。一学期の学級委員になった。

「マリちゃんはなんでもできて、あたしを『そんなこともできないの』って叱《しか》る。テストの点数も無理やり見て、うわ、って笑う」

つらくて、隣《となり》のクラスのカケルにぐちった。小学校の卒業式で告白されて、つき合いはじめたところだったんだ。そしたらカケルが、マリちゃんとは前から塾《じゅく》仲間で仲良しだって。雫《しずく》をいじめるなって、言ってやるって。

翌日《よくじつ》、マリちゃんは、いつもよりずっとずっときつい目で雫《しずく》をにらんだ。でもそれからは、雫《しずく》に近づかなくなった。と、思ったのに、二学期はじめ、マリちゃんは学級委員に雫《しずく》を推薦《すいせん》した。クラスメイトにもうまく言ってあったのだろう、すぐに全員の拍手《はくしゅ》で決まってしまった。雫《しずく》は二学期中、学級委員だからといろんなことを押《お》しつけられ、でもだれも協力してくれなくて、逆《ぎゃく》に足を引《ひ》っ張《ぱ》られて失敗して、「それでも学級委員？」って責《せ》められ続けた。つらいけれど二学期だけだと辛抱《しんぼう》していたら、二学期最後の日。カケルと帰っている時に、マリちゃんが雫《しずく》の隣《となり》に並《なら》んで話しかけてきた。

——雫《しずく》、学級委員の仕事が全然できていなかったから、評判《ひょうばん》悪いよ。三学期もう一度やって名誉挽回《めいよばんかい》しようよ。大丈夫《だいじょうぶ》、あたしが手伝ってあげるから——カケルに聞かせるための優《やさ》しげな声と、カケルに見せるためのとびきりの笑顔で、そう言った。

「もう学校へは行けない。行ったら、今までよりもっといじめられる。でもマリちゃんのは、いじめに見えないの。悪口だってあたしにだけ聞こえるように言うんだよ」

ばあちゃんはうなずきながら、聞いてくれてる。雫《しずく》は深呼吸《しんこきゅう》してから言った。

「鬼《おに》は外」

おなかの底のよどみから、何かが立ち上がった。冷たい手足を雫《しずく》の内側にペタペタと押《お》しつけて、上ってくる。おなかから、胸《むね》へ、のどを押《お》し開《あ》け、今、唇《くちびる》に手をかけ……

口から飛び出した。コタツの上に、子ネズミくらいの大きさの、苔色《こけいろ》の鬼《おに》。やっぱり、ひょんひょんと窓《まど》から出て行った。雫《しずく》は大きく息を吐《は》いた。

「あの鬼《おに》、どうなるの？」

「これからわかるよ。あたしのところへ来る鬼《おに》もいるからね。さ、玄関《げんかん》へ迎《むか》えに行こう」

ふたりで玄関先《げんかんさき》に立った。すぐに、暗闇《くらやみ》から灰色《はいいろ》の小鬼《こおに》がやってきた。その後ろから黄土色のが、さらに赤と紫《むらさき》のまだらのやつ。三匹《びき》ともスズメくらいの大きさだ。ばあちゃんを取り囲み、耳障《みみざわ》りな声でキィキィとわめき出した。言葉はわからないけれど、アリに皮膚《ひふ》をかまれているような、嫌《いや》な感じ。ばあちゃんは顔色ひとつ変えず、鬼《おに》を一匹《ぴき》ずつ指でつまんで、鬼《おに》ヒイラギの葉に突《つ》き刺《さ》していく。昼間、雫《しずく》が湧《わ》き水《みず》で清めた葉だ。三匹《びき》を突《つ》き刺《さ》し、しばらく暗闇《くらやみ》を見ていたけれど、もう鬼《おに》はやってこなかった。

「今年は三匹《びき》だね」

「この鬼《おに》は、どこから来たの？」

「さぁねぇ。あたしへの悪口なのは、たしかだけどね」

「嫌《いや》じゃないの？」

「生きてりゃ、なにかと食いちがいはある。おたがい様さ。これで、その人の腹《はら》の中にあたしへの悪口はなくなったわけだ。腹《はら》に悪意を隠《かく》していい顔されるよりずっといい。それに鬼《おに》が来なかったら、鬼茶《おにちゃ》がつくれんだろ」

ばあちゃんは玄関《げんかん》の鍵《かぎ》を閉《し》め、伸《の》びをした。

「あー、すっきりした」

と、笑顔でコタツに戻《もど》った。雫《しずく》もコタツに足を入れる。

「稔《みのる》おじさんとこへ行った鬼《おに》も、お茶になる？」

「たぶんね。稔《みのる》もこの風習を知ってるし、鬼《おに》ヒイラギの鉢《はち》もある。雫《しずく》のママにも結婚《けっこん》の時に持たせたんだけれど、必要としなかったんだろうね、枯《か》らしたんだよ」

「畑泥棒《はたけどろぼう》のところへ行った鬼《おに》は？」

「泥棒《どろぼう》のところにはさぞかしたくさんの鬼《おに》が行っただろう。鬼茶《おにちゃ》の風習を知っている者なら鬼《おに》ヒイラギの葉に刺《さ》すだろうし、知らないよそ者ならば……どうなるんだろうねぇ」

翌朝《よくあさ》、散歩しながら、どの家の鬼《おに》ヒイラギにも鬼《おに》が刺《さ》さっているのを見た。村の人たちはみな、晴々《はればれ》とした顔であいさつし合っていた。

ばあちゃんが、鬼《おに》ヒイラギの一枝《ひとえだ》を小さな鉢植《はちう》えにしてくれた。雫《しずく》は大切に持ち帰り、自分の部屋の窓辺《まどべ》に置いた。雫《しずく》のところに鬼《おに》は来なかった。

マリちゃんは入院したそうだ。変なメッセージをSNS《エスエヌエス》に残して。のぞいてみた。

――鬼《おに》が出た！　小さいけど不気味。ブジュブジュ、おできをつぶすような声。意味はわかんないけど聞いているだけで、気分が悪くなってきた。

へぇ、マリちゃんには、そんなふうに聞こえたんだ。

――だれか来ると鬼《おに》は隠《かく》れる。写真には写らない。でも本当にいるの。信じて！

うん。信じるよ。

――ブジュブジュブジュブジュ、気持ち悪い、気分悪い、だれか助けて。

助けてあげられる、けれど、ね。

雫《しずく》は、鬼《おに》ヒイラギの葉をなでて、微笑《ほほえ》む。

出ないんです

「できるだけ、安い部屋を借りたいんです。学生向けの物件《ぶっけん》、ありませんか？」

「ええ、まだありますよ。青木《あおき》さんはそこのA《エー》大の学生さんですか？」

「はい。この春から」

大学の入学試験の合格《ごうかく》発表を見たその足で、青木《あおき》は駅の近くの不動産屋へ入った。

不動産屋には新入生らしい先客が三組いたが、みな母親と一緒《いっしょ》だった。

青木《あおき》には母親はいない。彼《かれ》が中学生の時、両親が離婚《りこん》した。以来、彼《かれ》は三つ年下の妹とともに、父親に男手ひとつで育てられたのだ。

できれば実家から通える距離《きょり》にある大学に進学したかったが、興味《きょうみ》のある分野を学べるところがなかった。結局、青木《あおき》は、実家から新幹線《しんかんせん》で三時間のところにある国立大に合格《ごうかく》し、ひとり暮《ぐ》らしをすることになったのだ。できるだけ安い部屋に住んで、アルバイトに励《はげ》み、父親からの仕送りは一切《いっさい》もらわないつもりだった。

「こちらの物件《ぶっけん》はいかがでしょう？　男子学生のみ入居可《にゅうきょか》の古い木造《もくぞう》アパートです。お風呂《ふろ》と洗面台《せんめんだい》、トイレは共同ですが、小さなキッチンが各部屋についています。畳《たたみ》の個《こ》室《しつ》は六畳《じょう》ありますし、昔ながらの押《お》し入《い》れ付きなので、収納《しゅうのう》もたっぷりですよ」

青木《あおき》の担当《たんとう》となったのは、岩山《いわやま》という、まだ若《わか》い女性《じょせい》だった。

「いいですね。家賃《やちん》も予算内だし」

「ただ、ちょっと問題がありまして……出るらしいんですよ」

「出る？」

青木《あおき》が聞き返すと、岩山《いわやま》は指先を下にした両手の甲《こう》を、自分の胸《むね》の前に並《なら》べた。

幽霊《ゆうれい》のまねをする時に使うポーズだ。

「あくまで『出る』という噂《うわさ》があるだけなんですが……。古い資料《しりょう》が残っていないので、以前この部屋で何があったのか、わたしどもにはわからないのです」

「うーん。でも、これ以上安い部屋はないんですよね？」

「ええ。そんな噂《うわさ》がなければ、ここももう少し値上《ねあ》がりするはずです」

「行ってみて考えてもいいですか？」

「もちろん」

と言いつつ、岩山《いわやま》の顔には「行きたくない」という文字が浮《う》かんでいた。どうやら、噂《うわさ》もまったくのデマというわけではなさそうだ。

青木《あおき》は幼《おさな》いころから、多少の霊感《れいかん》をもち合わせていた。そこに何がいるか、相手が自分に害をおよぼすかどうかくらいは判断《はんだん》できる自信があった。

（特に害のない霊《れい》なら、部屋にいたところでそれほど問題ではない。それに、その場所によほど思い入れのある霊《れい》でない限《かぎ》り、ふらっといなくなることもあるようだ。行ってみて嫌《いや》な感じを受けなかったら、ここに決めよう）

彼《かれ》はそう思い、足取りの重い岩山《いわやま》のあとに続いて、アパートへ足を踏《ふ》み入《い》れた。

古い板張《いたば》りの廊下《ろうか》は、歩くたびにギシギシと大げさな音をたてる。

問題の部屋は、廊下《ろうか》の一番奥《おく》にあった。岩山《いわやま》は持ってきた鍵《かぎ》を差《さ》し込《こ》むと、こわごわドアを開いた。正面には東向きの窓《まど》があり、室内は意外と明るかった。

「い、いかがですか？」

部屋の入口から一歩も動こうとせずに、岩山《いわやま》が尋《たず》ねた。青木《あおき》は部屋の真ん中に立って、四方をぐるっと見まわしてみる。それから、押《お》し入《い》れと天袋《てんぶくろ》を開けてのぞき込《こ》んだ。

（何かいるような気配がまったくしないわけじゃないが、別に嫌《いや》な感じはしないな。むしろ、居心地《いごこち》がいいような気さえする……。よし！）

「岩山《いわやま》さん、ここに決めますっ！」

青木《あおき》が急に大きな声を出したので、岩山《いわやま》は「ひえっ！」と言って飛び上がった。

入学式が終わり、本格的《ほんかくてき》に授業《じゅぎょう》がはじまるにつれて、青木《あおき》はどんどん忙《いそが》しくなった。学業の他に、慣《な》れない家事、バイトの仕事を覚えるのに精一杯《せいいっぱい》で、毎日があっというまに過《す》ぎていく。

ある日、ファミレスのバイトを終えた青木《あおき》は、深夜にくたくたになって帰宅《きたく》した。夕飯はまかないで済《す》ませているので、あとは風呂《ふろ》に入って寝《ね》るだけだが、その力すら残っていない。

（コーヒーでも飲んで一息つこう）

そう思ってやかんを火にかけたものの、眠気《ねむけ》に耐《た》えられず、畳《たたみ》に横たわって眠《ねむ》ってしまった。

数時間後、青木《あおき》は激《はげ》しい雨音で目を覚ました。

（いけない！　火をつけっぱなしだ）

飛び起きてガスレンジのところへ行くと、火は止まっていた。ふっとうしたお湯が吹《ふ》きこぼれたような形跡《けいせき》もない。火の大きさを調節するつまみは、０に戻《もど》っていた。

（寝《ね》ぼけて自分で消したのかな？　あっ、雨！　洗濯物《せんたくもの》を取《と》り込《こ》むのを忘《わす》れてた！）

あわてて窓《まど》を開けると、そこには物干《ものほ》しざおがあるだけ。

不思議《ふしぎ》に思って振《ふ》り返《かえ》ると、畳《たたみ》の上にしっかりと乾《かわ》いた洗濯物《せんたくもの》が積んであった。

（あれ？　オレ、取《と》り込《こ》んだんだっけ？）

そんなことが、ちょくちょく起こるようになった。

電気をつけたまま眠《ねむ》ってしまったはずなのに、朝になるとちゃんと消えている。

かけ忘《わす》れた目覚ましが、朝一番の講義《こうぎ》に間に合う時間に鳴り出したこともある。

よくよく考えると奇妙《きみょう》なことばかりだが、青木《あおき》は深く考えないようにした。

（実際《じっさい》、助かっているんだし……まあいいか）

めずらしくバイトが休みだったある日、夕方過《す》ぎに帰宅《きたく》すると、廊下《ろうか》で他の部屋に住む学生に出くわした。

「ああ、きみ、春から住みはじめた一年生だろ？　オレは、院生で吉井《よしい》っていうんだ。夕飯、まだ？　よかったら食べていかないか？」

今日はカップラーメンでも食べようかと思っていた青木《あおき》にとって、それはとてもありがたい誘《さそ》いだった。

「そんなに夜遅《おそ》くまでアルバイトをしているのか。どうりで今まで会わなかったわけだ」

ご飯、みそ汁《しる》、肉野菜いため、卵焼《たまごや》き。吉井《よしい》がつくった夕飯は、久々《ひさびさ》に食べる家庭の味だった。

「ごちそうさまでした！　おいしかったです」

「どういたしまして。コーヒーでも飲む？　インスタントだけど」

ふたりでコーヒーをすすりながら、大学の話などをしているうちに夜も更《ふ》けてきた。

ふっと話題が途切《とぎ》れた時、吉井《よしい》がこう切り出した。

「あのさ、青木《あおき》くんは霊感《れいかん》とかまったくないの？」

「えっ？」

「あの部屋のこと、不動産屋から聞いただろ？　怖《こわ》い思いしているんじゃない？」

「ああ。たしかに、ちょくちょく不思議《ふしぎ》なことが起こってはいるんですけど、ぜんぶありがたいことなので、怖《こわ》くはないですね」

「へぇ、じゃあきみは気に入られているってことなのかな？　前の住人は、毎日いろんな霊《れい》が出るって怖《こわ》がっていたよ。霊感《れいかん》の強い友だちに来てもらったら、霊《れい》の通り道になっていると言われたって」

「そうなんですか。ぼくはそういうところへ行くと、今まで必ず何か見えていたのに、あの部屋ではまだ何も見ていないんです。それどころか、小さいころ親に見守られていた時のような、安心感すら覚えて居心地《いごこち》がいいんですよ」

興味《きょうみ》をもった吉井《よしい》が、青木《あおき》の部屋へ行ってみたいと言い出した。

そこで、ふたりで青木《あおき》の部屋に入ると、吉井《よしい》が、

「あれっ、大家さん？」

と口にしたのだ。どうやら吉井《よしい》も霊感《れいかん》があるらしい。青木《あおき》が尋《たず》ねると、

「今、一瞬《いっしゅん》、大家さんがいた気がしたんだ。でも、前の大家さんだよ。とても感じのいい女性《じょせい》だった。去年、病気で急に亡《な》くなったんだよ。まだ五十歳《さい》くらいだったのに……」

「そうなんですか」

「でも、なんで大家さんの霊《れい》がここにいるんだろう？　前は、無法地帯みたいに悪い霊《れい》

がうろうろしてるって言われていたのに……」

吉井《よしい》は首をかしげながら自室へ戻《もど》っていったが、それ以来、何かと青木《あおき》のことを気にかけてくれるようになった。

ある日、再《ふたた》び青木《あおき》の部屋へ遊びにきた吉井《よしい》が、青木《あおき》の子どものころのアルバムを見て、

「この人、大家さんじゃないか！」

と声をあげた。そこに写っていたのは、離婚《りこん》して出ていく前の母親と幼《おさな》い青木《あおき》だった。

「オレが知っている大家さんより若《わか》いけど、ほくろの位置とか同じだし、ぜったいそうだよ」

吉井《よしい》が口にした名前と、青木《あおき》の母親の名前は同じだった。

（そうだったのか。何かと世話を焼いてくれたり、他の幽霊《ゆうれい》が出ないようにしてくれたりしていたのは、母さんだったのか。病気で亡《な》くなっていたなんて知らなかった……）

青木《あおき》は結局、大学在学中《ざいがくちゅう》の四年間をその部屋で過《す》ごしたが、その間、一度も霊《れい》が出たことはなかった。

霊《れい》感《かん》少女

授業中《じゅぎょうちゅう》。北原麻希《きたはらまき》は、自分の足元に、小さな黒い紙が落ちているのに気がついた。折り紙でつくった伝言メモだ。女子の間で、メールがわりによくやりとりされている。

(私宛《わたしあ》てかな?)

麻希《まき》は拾い上げた伝言メモを開いた。内側の白い面に、短いメッセージがある。

【★降霊会《こうれいかい》のお知らせ★二月十九日金曜日放課後★旧校舎《きゅうこうしゃ》音楽室★※秘密厳守《ひみつげんしゅ》。これを読んだら消しゴムで完全に消し、小さく破《やぶ》って捨《す》てること★】

(降霊会《こうれいかい》……? 十九日って、今日だよね)

麻希《まき》の中学校は、先月、新校舎《しんこうしゃ》へほぼ移行《いこう》した。取《と》り壊《こわ》しが決まっている旧校舎《きゅうこうしゃ》は、一階の特別室のみまだ使用しているが、二階の音楽室は生徒は立ち入り禁止《きんし》のはずだ。

麻希《まき》が眉《まゆ》をひそめて伝言メモを読んでいると、隣《となり》の席の井川杏《いかわあん》が、ハッと息をのんだ。

「麻希《まき》、それ、返して！」顔色を変えて、麻希《まき》の手から伝言メモを引ったくる。

「ごめん。足元に落ちてたから、つい」

麻希《まき》は謝《あやま》ったが、杏《あん》は無言で顔をそむけた。うつむいた顔はこわばり、体は微《かす》かに震《ふる》えている。よほど、この伝言メモを見られたくなかったらしい。

麻希《まき》は、杏《あん》の思いつめた様子が気になった。ここのところ、ずっと様子がおかしい。

杏《あん》はもともと、笑顔の絶《た》えない明るい少女で、友だちも多い。だが最近は、しずんだ表情《ひょうじょう》ばかりだ。友だちを避《さ》けるように、ひとりでいる姿《すがた》をよく見かける。

仲のいい弟が病気で入院していると聞いていたが、それだけが理由ではない気がした。少し前に、弟が退院《たいいん》できそうとうれしそうに話すのを聞いたからだ。

麻希《まき》は二階にある教室の窓《まど》から、校庭を挟《はさ》んで立つ旧校舎《きゅうこうしゃ》に目を向けた。増築《ぞうちく》をくり返した古い建物で、日中でも暗いイメージがある。

昔、敷地内《しきちない》に古い墓地《ぼち》があったと言われる旧校舎《きゅうこうしゃ》には、多くの怪談《かいだん》が伝わっていたが、中でも音楽室は『校内心霊《しんれい》スポット』と言われるほど、霊《れい》の噂《うわさ》が絶《た》えなかった。

（秘密《ひみつ》の降霊会《こうれいかい》の案内か……。気になるな……。だれが開く会だろう）

麻希《まき》は考え込《かんがこ》んだ。あの黒い伝言メモを書いた生徒に、ひとりだけ心当たりがある。


放課後、麻希《まき》は廊下《ろうか》で隣《となり》のクラスの関美園《せきみその》を見つけた。

美園《みその》は、霊《れい》を見ることができると噂《うわさ》されている『霊感少女《れいかんしょうじょ》』だった。小さいころ、霊《れい》山《ざん》で迷《まよ》ってから、霊《れい》が見えるようになったのだという。

旧校舎《きゅうこうしゃ》での恐《おそ》ろしい心霊《しんれい》体験話も、噂《うわさ》のもとをたどれば美園《みその》に行きつく。美園《みその》が霊《れい》と話せると信じる生徒たちからは、一目《いちもく》置かれ、特別扱《あつか》いされているらしい。

麻希《まき》は、後ろから近づいてさりげなく声をかけた。

「ね、関《せき》さん。今日の降霊会《こうれいかい》、私《わたし》も参加していい？　黒い伝言メモを読んだの」

美園《みその》は、一瞬《いっしゅん》おどろいたように足を止め、振《ふ》り返《かえ》った。目を細めて麻希《まき》を見る。

「……何言ってるの？　伝言メモなんて、私《わたし》は知らないけど」

「そっかー」麻希《まき》は残念そうに言った。「降霊会《こうれいかい》だから、てっきり関《せき》さんかと思った。秘密厳守《ひみつげんしゅ》って書いてあったけど、拾ったこのメモ、先生に落とし物で届《とど》けようかな」

麻希《まき》がポケットから取り出した偽《にせ》の黒い紙を、美園《みその》はあせったように取り上げた。握《にぎ》りつぶして自分のポケットにねじ込《こ》み、不機嫌《ふきげん》な顔で麻希《まき》をにらむ。

「わかった。私《わたし》について来て。旧校舎《きゅうこうしゃ》まで、だれにも見つからないように行くから」

カーテンを閉《と》じた旧校舎《きゅうこうしゃ》の音楽室には、不安そうな表情《ひょうじょう》の女子が三人待っていた。どの子の顔もよく知っている。彼女《かのじょ》たちは、友人が多く人気がある子ばかりだからだ。

杏《あん》がおどろいたように麻希《まき》を見て言った。「麻希《まき》も参加するの……?」

「そうなの。よろしくね」麻希《まき》はにこっと笑ってうなずいた。

美園《みその》が怒《おこ》ったように言う。

「この中のだれかが、伝言メモを落としたから、この人が拾って読んだってわけ。まあ、だれのミスか、すぐにわかるよ。霊《れい》に聞けばね。さあ、早く席についてはじめるよ」

美園《みその》が机《つくえ》の上に広げたのは、画用紙ほどの大きさの厚紙《あつがみ》だった。『あ』から『ん』までの五十音と、はい・いいえ、という文字が書かれている。真ん中には、鳥居《とりい》があった。

「ちょっと待って。関《せき》さん、これ、学校で禁止《きんし》されている占《うらな》い遊びじゃないの?」

麻希《まき》が聞くと、美園《みその》がムッとして答えた。

「ちがうよ。これは私《わたし》が運命的に手に入れた、本当に特別な降霊紙《こうれいし》なの。禁止《きんし》されてるのは、キツネの霊《れい》を呼《よ》び出《だ》す占《うらな》い遊びでしょ? 私《わたし》は、この降霊紙《こうれいし》を使って、人間の霊《れい》を呼《よ》び出《だ》すの。霊《れい》は、なんでも教えてくれる。進学、恋愛《れんあい》、それに、友だちや家族のこと。さあ、この十円玉に指を置いて。もう霊《れい》は集まっていて、話したがってる。早く」

麻希《まき》が用紙の上に置かれた十円玉に指を置こうとすると、杏《あん》が耳元でささやいた。

「麻希《まき》。よく考えて決めなくちゃダメ。十円玉に手を触《ふ》れたら、あと戻《もど》りできないよ」

「どういうこと?」麻希《まき》が聞くと、心配そうな表情《ひょうじょう》の杏《あん》が、声をひそめて言う。

「一度参加したら、もう抜《ぬ》けられない。降霊会《こうれいかい》に参加し続けないと、怒《おこ》った霊《れい》に祟《たた》られて、大切な人が不幸になっちゃうの……」

杏《あん》の言葉を、美園《みその》が強い口調でさえぎる。

「余計《よけい》なこと話さないで。そんなだから、家族が不幸になるんだよ！　杏《あん》のお母さんが早くに亡《な》くなったのも、弟が病気で入院したのも、ぜんぶ、杏《あん》に悪霊《あくりょう》が憑《つ》いているせい。せっかく退院《たいいん》が決まった弟を、また病気にしたいの？　お母さんも、あの世で悲しんでる。まわりの人を不幸にしたくなかったら、降霊会《こうれいかい》のメンバー以外と関わっちゃダメ！」

「……なるほど。そういうことね」麻希《まき》は言った。「関《せき》さんは、証明《しょうめい》できないことを利用して、心配ごとを抱《かか》える子をさらに不安にさせていたんだ。いくら友だちが欲《ほ》しくても、そんなやり方はよくないよ、関《せき》さん。こんなふうに集まっても、だれも楽しくないもん」

そう言うと、麻希《まき》は机《つくえ》の上から厚紙《あつがみ》を取り上げ、真ん中からビリッと破《やぶ》いた。さらに細かく破《やぶ》り、紙の山を机《つくえ》の上に置く。その場にいた全員がおどろき、息をのんだ。

「な、何するの！」美園《みその》が叫《さけ》んだ。「祟《たた》られるよ！　怒《おこ》った霊《れい》に取《と》り憑《つ》かれる！」

「いいよ」麻希《まき》は言った。「取《と》り憑《つ》かれてもいい。こんなことで怒《おこ》る霊《れい》がいるならね」

「い、いるよ！　私《わたし》には見える。ほら、北原《きたはら》さんの後ろに悪霊《あくりょう》が！」

美園《みその》の挑戦的《ちょうせんてき》な言葉にも、麻希《まき》は動じなかった。

「そう？　私《わたし》には見えない。杏《あん》にも、他のふたりにも、悪霊《あくりょう》なんて憑《つ》いてないよ。関《せき》さんも、本当は霊《れい》なんて見えてないでしょう？」

「見えるってば！」と、怒《おこ》る美園《みその》を尻目《しりめ》に、麻希《まき》は杏《あん》たちに向かって言った。

「『特別な降霊紙《こうれいし》』がなくなっちゃったから、降霊会《こうれいかい》は今日で終わりにしようよ。しずんだ顔でいるよりも、笑顔で過《す》ごしたほうが、自分もまわりの人も幸せになると思うよ」

杏《あん》がホッとしたようにうなずき、涙《なみだ》ぐんで笑顔を見せる。

「うん……。そうだよね。ずっと、降霊会《こうれいかい》をやめたかったの。ありがとう」

「さ、帰ろ。ああ、そうだ関《せき》さん。忠告《ちゅうこく》しておくね。こんなこと、もう二度とやらないほうがいい。不吉《ふきつ》なことを口に出してばかりいると、本当に悪霊《あくりょう》を呼《よ》び寄《よ》せるから」

麻希《まき》は美園《みその》を真剣《しんけん》に見つめてそう言うと、踵《きびす》を返して教室を出た。

麻希《まき》には見えていたのだ。美園《みその》の肩《かた》に手をかけている、恐《おそ》ろしい形相の悪霊《あくりょう》が。

みんなには秘密《ひみつ》にしているが、麻希《まき》こそ、霊《れい》を見ることができる霊感《れいかん》少女だった。

目ヂカラ女子

あたしの名は瞳《ひとみ》、高校一年生。

「チャームポイント？　名前の通り、目かな」と目ヂカラこめて相手を見つめる、そんな自分になりたくて、日々奮闘《ひびふんとう》中《ちゅう》。寝不足《ねぶそく》で目の下にクマとかスマートフォンの使いすぎで白目が充血《じゅうけつ》、なんてぜったいなし。目玉ぐるぐる運動で血行をよくして、パッチリキラキラな目。まぶたも専用《せんよう》ノリで、「奥二重《おくぶたえ》」から「くっきり二重《ふたえ》」になりつつある。

高校はメイク禁止《きんし》だから、学校のある日は「え〜、素顔《すがお》だし〜」って押《お》し切《き》れるくらいのナチュラルメイク。これはこれでテクニックがいる。休日には、いろんなアイメイクに挑戦《ちょうせん》し、百円ショップやドラッグストアをまわって、メイク用品を買い集める。

あたし、アイメイクに関しては、ちょっと自信あり。

今日は日曜日。猫目《ねこめ》メイクに挑戦《ちょうせん》しよう。これは目尻《めじり》がポイント、猫《ねこ》の目のようにキリリと、魅惑的《みわくてき》に。せかされたり邪魔《じゃま》されたりするのが嫌《いや》だから、メイクは自分の部屋で机《つくえ》に鏡を立ててする。まずはアイシャドウをうすくぼかし、次にアイライナーで目頭《めがしら》から目尻《めじり》にかけてアイラインを引き、目尻《めじり》で自然にはね上げる。注意点は、目の粘膜《ねんまく》を化粧品《けしょうひん》でふさがないこと。炎症《えんしょう》とか目のトラブルのもとになるそうだ。それから、まつげをビューラーでカールさせ、マスカラをぬる。仕上げは、目尻《めじり》に猫目用《ねこめよう》つけまつげ。

メイク完了《かんりょう》。あたしはもともとヒトミが大きいから、カラコンはしない。目にぐっと力を入れて鏡を見つめる。どうよ？　鏡の中からあたしがぐぐっ、と見つめ返してくる。なかなかの迫力《はくりょく》……あれ？　これ、あたしの目？　なんか、微妙《びみょう》に、ちがわない？

鏡の目の迫力《はくりょく》に押《お》されてまばたきする。鏡の目は、まばたきしていないように見えた。

部屋を出る時、視線《しせん》を感じた。気のせいに決まっている。けれど外に出て歩道を歩いている間も、駅の階段《かいだん》を上っている時も、電車の中も、友だちと待ち合わせしたあとも、視線《しせん》がつきまとった。しかも、だんだん強くなる。ストーカー？　何度振《ふ》り返《かえ》っても、それらしい人はいなかった。友だちには自意識過剰《じいしきかじょう》だって笑われた。

翌朝《よくあさ》。学校用ナチュラルメイクをしていたら、鏡の中の目がまばたきした。えっ？　自分のまばたきって、見えるもの？　鏡に向かって、やってみる。再現《さいげん》できない。じゃあ、さっきのは……気のせい？

無理やり気のせいにして、ダイニングへ向かった。そしてテーブルに着くなり、悲鳴をあげた。目玉焼きの黄身に〈目〉が！　切れ長の〈目〉があたしをにらんでる！　でも、悲鳴におどろいた両親がお皿を見た時には、普通《ふつう》の目玉焼きに戻《もど》っていた。

「ホラー映画《えいが》の見すぎだろ」とパパ。

「具合悪いの？　病院へ行く？」とママ。

あたしはホラー映画《えいが》なんて見ないし、病気でもない。ひとりで家に残るのも嫌《いや》だし、学校で友だちに話して笑い飛ばされたほうがいい。いつも通り登校することにした。家はマンションの六階。エレベーターを呼《よ》んで、扉《とびら》上部の階数表示《ひょうじ》を見上げる。⑥にランプがついたと思ったらそれが〈目〉に変わり、あたしを見下ろした。あたしは悲鳴をあげて階段《かいだん》をかけ降《お》り、マンションを飛び出す。交差点まで走り続け、息を整えながら、歩行者用信号が青になるのを待つ。視線《しせん》を感じて、そばの街路樹《がいろじゅ》に顔を向けたら、木の節穴《ふしあな》から〈目〉がのぞいている。いやっ。横断《おうだん》歩道を走る、また視線《しせん》。車用の信号に〈目〉が三つ並《なら》んで、その目玉があたしを追って動いていた。やめてっ。

もう余計《よけい》なものは見ない。足元だけ見て走る。それでも、足元の地面にまで〈目〉は現《あらわ》れた。気味悪いし、踏《ふ》んで恨《うら》まれるのも怖《こわ》いから、そのたびに跳《と》びはね、走った。

やっとのことで学校に着いて、友だちに泣きついた。でも友だちと一緒《いっしょ》だとそれは現《あらわ》れなくて、アイメイクノイローゼじゃないかって。とにかくもう現《あらわ》れなかったから、ちょっと安心した。その日は鏡を見ずにメイクを落として、早寝《はやね》した。

そして今朝《けさ》。制服《せいふく》のブラウスに着替《きが》えようとしたら、五個《こ》のボタン穴《あな》が、すべて〈目〉だった。ブラウスを脱《ぬ》ぎ捨《す》て部屋を飛び出そうとしたら、ドアにも〈目〉がいっぱい。中でもドアノブからはみ出しそうな大きな〈目〉が迫力《はくりょく》ありすぎて、怖《こわ》い。あたしをにらみつけている。ドアノブにさわれない。声も出ない。ダイニングにいる両親に助けを求めようとスマートフォンを手に取る。操作《そうさ》する前にスマートフォンが鳴って、覚えのない画面が出た。

「目目連・もくもくれん」ってタイトルと絵。障子《しょうじ》にたくさんの目が描《か》いてある。絵の下に「目の妖怪《ようかい》」って説明もある。

ドアの〈目〉たちに向かって、おそるおそる聞いてみた。

「あんたたち、もくもくれん？」

ドアの〈目〉がそろってまばたきした。YES《イエス》らしい。

「あたしに、なんか恨《うら》みでもあるの？」

今度は半分閉《と》じかけのまぶたの下で、目玉が左右に動く。NO《ノー》らしい。ほっとして、ボスっぽいドアノブの〈目〉に問いかけた。

「じゃあ、なんで、つきまとうの？」

〈目〉がもの言いたげにあたしを見つめる。スマートフォンがまた鳴って、猫目《ねこめ》メイクの画像が次々出てきた。

「もしかして、猫目《ねこめ》メイク、して欲《ほ》しいとか？」

〈目〉が、パチパチまばたきした。それから、上目づかいで、じっと見つめてくる。これ、あたしもよくやるから、わかる。「おねがーい」だ。

そういうわけだったの。腕《うで》を見込《みこ》んでってことね。よし、やってあげようじゃないの。

あたしは、メイク道具をドアの前に並《なら》べ、床《ゆか》にあぐらをかいた。

「あんたは一重《ひとえ》まぶただから、アイラインを太めに引いて、目尻《めじり》でくいっと上げて切れ長を強調しよう。アイシャドウはゴールド系《けい》かな……ってまぶたがほとんどないね。あ、へこまないで。つけまつげ、してあげるから。ほら、クールビューティー」

鏡に映《うつ》してやる。〈目〉はキラキラとかがやいて、消えた。すぐに次の〈目〉がドアノブに移動《いどう》した。期待して、目をいっぱいに開いている。

その時、背中《せなか》に強烈《きょうれつ》な視線《しせん》を感じた。あたしは、そろりと部屋を振《ふ》り返《かえ》る。

天井《てんじょう》にも壁《かべ》にも床《ゆか》にも家具にも、びっしりと〈目〉が現《あらわ》れ、あたしを見つめていた。

目は口ほどにものを言う。みな、わくわくと、待っている。

突然《とつぜん》の訪問者《ほうもんしゃ》

加山《かやま》が住んでいるアパートは、M《エム》大学から徒歩二分ほどのところにある。そのため、全室M《エム》大の男子学生で埋《う》まっているらしい。

（ここなら、寝坊《ねぼう》しても走れば講義《こうぎ》に間に合うな。でも、毎晩《まいばん》友だちが集まるたまり場になって、勉強どころじゃないかな？）

そう思いながらこの物件《ぶっけん》を選んだ加山《かやま》だったが、そんな心配は無用だった。人見知りの激《はげ》しい加山《かやま》には、入学してから三か月がたった今も、家まで遊びに来るような友だちができなかったからだ。

今夜も部屋でひとり、ぼんやりとテレビの深夜番組を眺《なが》めていた。

ふいに、外からバタバタと荒々《あらあら》しい足音が聞こえてきて、加山《かやま》はビクッとした。

続いて「ピンポーン」と、めったに鳴らない玄関《げんかん》チャイムが響《ひび》く。

(なんだよ、こんな夜中に。びっくりするじゃないか)

インターホンなんて、しゃれたものはついていない。加山《かやま》はおそるおそるドアスコープをのぞいた。そこにいたのは、目を疑《うたが》うような人物だった。

整った顔だちにモデル並《な》みのスタイル、その上だれとでも親しく話す気さくな性格《せいかく》で、入学して以来、あっというまに学部内一の人気者となった成田《なりた》が、今にも泣きそうな顔をしてそこに立っていたのである。

成田《なりた》は常《つね》に人に囲まれているため、話したことはほとんどなかった。しかし、同じ学部なので、おたがい面識《めんしき》はあった。

(成田《なりた》がオレになんの用なんだ?)

ドアを開けると、成田《なりた》は加山《かやま》の顔を見るなり、

「た、助けてくれ! 頼《たの》む!」

と、ガタガタ震《ふる》えながらくり返した。

「おい、どうしたんだよ？」

加山《かやま》は事情《じじょう》がわからないまま、とにかく成田《なりた》を部屋へ入れた。

成田《なりた》の身の上に起こったことへの好奇心《こうきしん》と、

（これがきっかけで成田《なりた》と仲良くなったら、オレも友だちが増《ふ》えるかな？）

なんていう、少しの打算があった。

成田《なりた》はしばらくの間、放心状態《じょうたい》だった。何を聞いても、うんともすんとも言わないので、加山《かやま》は質問《しつもん》するのをあきらめ、コーヒーをいれた。

「まあ、これでも飲めよ」

成田《なりた》は差し出されたマグカップを持ったまま、しばらく湯気を眺《なが》めていたが、やがてゆっくりと飲みはじめた。

コーヒーを飲み終わったころ、成田《なりた》はやっと口を開いた。

「さっき、ここのすぐ近くで、見てしまったんだ」

「何を？」

「血だらけの女の人が倒《たお》れていたのを。だれかに刺《さ》されたみたいだった」

「えっ？」

思ってもみない内容《ないよう》に、加山《かやま》はうろたえた。成田《なりた》は続ける。

「怖《こわ》くて、怖《こわ》くて……。走って逃《に》げたら、このアパートが見えて。明かりがついている部屋がここだけだったから、チャイムを押《お》したんだ。加山《かやま》くんの部屋とは知らなかったよ」

「それで、警察《けいさつ》に連絡《れんらく》は？　あっ、その前に救急車か。えっと、スマホ、スマホ……」

加山《かやま》があわてふためいていると、再《ふたた》び足音が近づいてきた。

それを聞いた成田《なりた》が、蚊《か》の鳴くような声で言う。

「犯人《はんにん》が来たのかもしれない……」

「あとをつけられたっていうのか？　でも、成田《なりた》は被害者《ひがいしゃ》を目撃《もくげき》しただけだろう？」

「そうだけど、実は近くに隠《かく》れていた犯人《はんにん》に見られたっていう可能性《かのうせい》もあるよね？　口《くち》封《ふう》じのために、ぼくを殺しにきたのかも……」

足音は、加山《かやま》の部屋の前でぴたりと止まった。ふたりは目を合わせて息をのむ。

やがて、玄関《げんかん》チャイムの音が響《ひび》いた。そのまま息を殺していると、

「だれかいませんか？　警察《けいさつ》です！」

という声が聞こえた。

「警察《けいさつ》だって。きっと犯人《はんにん》を追って、聞《き》き込《こ》みにきたんだ。ほら、事情《じじょう》を話そうよ」

玄関《げんかん》へ向かおうとした加山《かやま》の腕《うで》を、成田《なりた》がつかんで首を横に振《ふ》り、小声で、

「行っちゃだめだ。警察《けいさつ》だなんて嘘《うそ》かもしれない」

と言う。その言葉に、加山《かやま》はある事件《じけん》を思い出した。

以前、殺人を犯《おか》し逃走《とうそう》した犯人《はんにん》が、警察《けいさつ》のふりをしてドアを開けさせ、中の住人を襲《おそ》ってそこへたてこもったという事件《じけん》があったのだ。

加山《かやま》がためらっている間にも、チャイムは何度も鳴り続けていた。

ピンポーン！　ピンポーン！

ドアを激《はげ》しくノックする音も聞こえてくる。

ドンドンドンッ！

ピンポーン！　ドンドンドンッ！　ピンポーン！　ドンドンドンッ！

「だれかいませんか？」

ふたりは息をひそめて、彫刻《ちょうこく》のように固まっていた。神経《しんけい》がピリピリと張《は》り詰《つ》め、心《しん》臓《ぞう》が早鐘《はやがね》のように打ち続けている。

緊迫《きんぱく》した状況《じょうきょう》に耐《た》えかねて、加山《かやま》がとうとう口を開いた。

「なあ、成田《なりた》。相手はひとりのようだ。こっちはふたり。もし殺人犯《さつじんはん》だとしても、ふたりがかりなら押《お》さえつけることができるんじゃないか？」

「危《あぶ》ないよ。相手はスタンガンとナイフを持っている」

「そうか、わかった。そいつはたしかに危険《きけん》だな」

加山《かやま》がうなずくと、成田《なりた》はホッとしたように、つかんでいた加山《かやま》の腕《うで》を放《はな》した。

その瞬間《しゅんかん》、加山《かやま》はダッシュで玄関《げんかん》へ行き、ドアを開ける。

ドアの向こうには、すでに警察官《けいさつかん》が四人集まっていた。

「ここに犯人《はんにん》がいます！」

加山《かやま》はそう言って、部屋の奥《おく》を指さした。

警察官《けいさつかん》が一気に踏《ふ》み込《こ》み、成田《なりた》を取《と》り押《お》さえる。成田《なりた》の上着のポケットの中から、スタンガンと血のついたナイフが発見された。


「どうして、ぼくが犯人《はんにん》だってわかったんだ？」

警察官《けいさつかん》に両脇《りょうわき》を抱《かか》えられ、パトカーに乗《の》り込《こ》む寸前《すんぜん》に、成田《なりた》が聞いた。

「犯人《はんにん》を見ていないって言ったくせに、凶器《きょうき》を断言《だんげん》したからさ」

加山《かやま》が言うと、成田《なりた》はフッと笑った。

「なるほどね」

成田《なりた》を乗せたパトカーが去っていく。

成田《なりた》がイケメンのせいもあってか、まるで二時間ドラマのエンディングのようだった。

（成田《なりた》の言葉に違和感《いわかん》を覚えなかったら……。オレも殺されていたのかもしれないな）

テーブルの上には、成田《なりた》がコーヒーを飲んだマグカップが、そのまま残されていた。

車窓《しゃそう》のヒマワリ

はああ、ユーウツだ。

心の中でボヤきながら、ガンタは朝の満員電車に揺《ゆ》られている。

通っている私立《しりつ》中学は有名な進学校で、毎日たっぷり宿題が出されて遊んでいるヒマもない。それにクラスメイトとの関係もギスギスしていた。入学してまもなく、テストの点数を争うライバルとして敵視《てきし》されるようになってしまったのだ。

それにこの満員電車だ。ドア横のスペースにぴったり収《おさ》まり、駅に到着《とうちゃく》するまでじっと我慢《がまん》しているのだが、サラリーマンがギュウギュウと押《お》してくる。もう最悪。

そんな苦痛《くつう》でしかない朝の通学だが、ガンタの心をいやしてくれる風景がある。

途中《とちゅう》の駅で見える、一輪のヒマワリだ。

ガンタは、ヒマワリが大好きだった。初めて見たのは幼稚園《ようちえん》の時。両親との旅行中に広大なヒマワリ畑に出くわした。夏の暑い中でもまっすぐに伸《の》びて、大きな花を咲《さ》かせている姿《すがた》に、心を奪《うば》われたのだ。

電車がその駅に到着《とうちゃく》する時に反対側のドアが開く。閉《し》まったままのガンタ側のドアの窓《まど》からヒマワリが見える。駅の向かいに立つマンションのベランダにあった。咲《さ》いている姿《すがた》が見られるのは夏の間だけだが、ガンタは毎朝、このヒマワリを車中から眺《なが》めることで元気をもらっていた。

その日も、ガンタはギュウギュウ詰《づ》めの電車に揺《ゆ》られていた。

あいかわらずユーウツな時間だが、もうすぐ、いつもの駅に到着《とうちゃく》する。そうすれば、あのヒマワリを眺《なが》めることができる――そう思っていると電車はスピードを落として駅に到着《とうちゃく》する。

ガンタは窓《まど》の外を見る。すると……。

いつものベランダにヒマワリはなく、かわりに小さな女の子が手を振《ふ》っていた。背《せ》の高さからして小学校の低学年くらいだと思うけど……ヒマワリは枯《か》れちゃったのかな。

それにあの子、だれに手を振《ふ》ってるんだろう。

ガンタは、せまい空間をキョロキョロと目だけで確認《かくにん》する。少なくとも、自分が立っているこの近くで、あの子に手を振《ふ》り返《かえ》している人はいない。

とすると、手を振《ふ》っている相手は、オレなのか？

まさかと思うが、ガンタは女の子に向かって小さく手を振《ふ》る——すると。

（ありがとう、お兄さん）と、声が聞こえてくるではないか。

「ええっ」とおどろいて周囲を見る。

今、電車内で話しかけてきた人はいない。というか、オレが声をあげてしまったから周囲の人たちはオレを変な目で見ている。

どういうこと？　オレが今イヤホンで音楽を聴《き》いているスマホから、電波を通じて声が聞こえてきたってコト？

窓《まど》の外、女の子はまだ手を振《ふ》っている。それとも、これってテレパシーなのか？

ガンタは、試しに心の中で、ベランダの女の子に話しかけてみる。

（ねえ、キミはスマホとか使って、オレに連絡《れんらく》してるの？）

（スマホってなに？）

え、知らないの？　スマホじゃないなら、どうして会話ができてるんだ？

疑問《ぎもん》は増《ま》すばかりだ。話がかみ合わないまま電車は動き出し、女の子の姿《すがた》は見えなくなってしまう。そのあとは何度呼《よ》びかけても女の子の声は聞こえてこなかった。


翌日《よくじつ》も、ベランダから、女の子は手を振《ふ》っていた。

（おはよう）と、心の中で話しかけてみると、（おはよう）と返してくる。

――わぁ、やっぱこれってテレパシーじゃないか……ガンタがおどろきを隠《かく》せないでいると、女の子のほうから尋《たず》ねてきた。

（お兄さんは中学生？）

(そ、そうだよ。ここから三駅先の私立中《しりつちゅう》に通ってるんだ。海が見える学校)

(いいなあ)

(そんなに、いいものでもないよ。勉強は大変だし、友だちともギスギスしてる。毎朝電車に乗っている時、ユーウツでしかたないんだ)

(でもがんばって通ってるじゃない。すごいよ。元気を出して!)

(いやぁ……)

年下の子にほめられ、励《はげ》まされて、ガンタはちょっぴり照れくさくなる。

(今は小学生だろ。数年後には、キミも中学生だよ)

(私《わたし》、行けないんだ)

残念そうな声。家の事情《じじょう》なのだろうか、深く聞いてはいけない感じだった。

電車が駅に止まって、再《ふたた》び発車するまでの短い時間だったが、ガンタとベランダの女の子との交流は、その後もしばらく続いていた。

でも……とガンタは不思議《ふしぎ》だった。あの子は、どうしてオレに手を振《ふ》っているのか?

どうして心の中で話せるのか？　どうしてオレだけに声をかけてくれるのか？

一週間くらいすると、女の子の姿《すがた》は見えなくなった。

いつもの駅に電車が止まり、ガンタが窓《まど》の外を見ても、マンションのベランダには女の子の姿《すがた》も、ヒマワリもなくなっていた。声も聞こえてこない。

どうしたんだろう？　何があったんだろう？

学校が夏休みに入ってからも、ガンタは気になってしかたがなかった。

二学期がはじまった放課後、女の子のマンションがある駅で降《お》りることにした。

女の子がいたベランダは四階の右の端《はし》から二番目だった。場所を確認《かくにん》してマンションに向かう。入口の郵便《ゆうびん》受けで部屋の並《なら》びを見ると、４０２号室だとわかった。

エレベーターで上がっていくうちに、ガンタは不安になってきた。気になって訪《たず》ねてきたけど、他人の家だ。見ず知らずのオレが現《あらわ》れたら、家の人は困《こま》ってしまうだけかも。

でもオレは知りたい。毎朝ベランダから手を振《ふ》って、心の声で話しかけてくれた、あの女の子のことを……。

　402号室のドアの前に立ったガンタは少しためらったが、ここまで来て引き返すワケにはいかないと決心して、インターホンを押《お》した。

（はい）と、おばあさんらしき声がスピーカーから聞こえた。

「あのう、突然《とつぜん》すみません。ボクはこの夏、いつも電車から、こちらのお宅《たく》のベランダで咲《さ》いていたヒマワリを見ていた者なんですが」

（はい……それが、どうしましたか）

　こちらを警戒《けいかい》しているような口調だ。しかたのないことだろう。

「しばらくして、ベランダにヒマワリではなく、小さな女の子が立っていて、こっちに向かって手を振《ふ》ってくれていたんです。最近、その姿《すがた》が見えなくなって心配で……」

　ぜんぶを話す前に、バッと、ドアが勢《いきお》いよく開いた。

　出てきたおばあさんが「ほ、本当なの」と涙《なみだ》を流していた。

　どういうことかまったくわからず、ガンタがとまどっていると、おばあさんの後ろからおじいさんが顔をのぞかせた。

「よかったら入って、話を聞かせていただけませんか」

ガンタは、ふたりに招《まね》き入《い》れられた。

リビングには仏壇《ぶつだん》があり――ヒマワリに囲まれたあの子の写真が飾《かざ》られていた。

「私《わたし》たちの一人娘《ひとりむすめ》です。今から五十年ほど前、小学生だったあの子が交通事故《じこ》で亡《な》くなってから、毎年夏にベランダでヒマワリを育てているんですよ。あの子が大好きだった花でね」

そうか――ガンタはすべてがわかった。ヒマワリが大好きな自分にだけ、花になったあの子は手を振《ふ》って、心の中で話しかけてくれた――それはきっと、ユーウツな気持ちで学校に通っていた自分を励《はげ》まそうとして……。

ベランダに出ると、咲《さ》き終《お》えたヒマワリの花がうつむいて、しおれていた。

「よかったら、もらってください」

おじいさんに言われ、ガンタはヒマワリの種をもらって帰った。

月夜の怪物《かいぶつ》

冬の夜更《よふ》けは早い。冴《さ》えた冬の夜空には、銀色の細い三日月が浮《う》かんでいる。

高校からの帰り道、俺《おれ》の隣《となり》を歩くクラスメイトの唯《ゆい》が、照れたように早口で言った。

「ねぇ、涼介《りょうすけ》。来週《らいしゅう》の土曜の夜、あいてる？　野外ライブのチケットがあるの」

「わりぃ。その夜はダメだ。だれか別のヤツを誘《さそ》えよ。柔道部《じゅうどうぶ》の渡辺健太《わたなべけんた》とかは？」

俺《おれ》の答えが予想外だったのか、唯《ゆい》は一瞬絶句《いっしゅんぜっく》した。ガックリとうなだれたあと、ようやく頭を上げて言う。「ふ、ふーん。じゃあ、いいよ。ひとりで行くから……」

「ひとりはやめろよ。女子同士も危険《きけん》だ。あの事件《じけん》の犯人《はんにん》が、まだ捕《つか》まっていない」

近くの街で、猟奇的《りょうきてき》な殺人事件《じけん》が起こっていた。若《わか》い女性《じょせい》がふたり、殺されたのだ。

全身から一滴《てき》残らず血を抜《ぬ》かれての失血死。昨年から、複数匹《ふくすうひき》発見されていた野良猫《のらねこ》の死体とおなじ死因《しいん》だ。特殊《とくしゅ》な犯行《はんこう》であることから、同一犯《どういつはん》のしわざではないかという噂《うわさ》だった。残虐《ざんぎゃく》な犯人《はんにん》は、動物から人間へと犯行《はんこう》をエスカレートさせたのだ、と。

「あの事件《じけん》ね。被害者《ひがいしゃ》がふたりも出たのに、二か月たっても犯人《はんにん》が捕《つか》まらないなんて」

唯《ゆい》が恐《おそ》ろしそうにそう言って、ブルッと震《ふる》える。俺《おれ》は慎重《しんちょう》に言葉を選んで言った。

「この街でも注意は必要だ。『今までに見つかった被害者《ひがいしゃ》』が、ふたり。他にも犠牲者《ぎせいしゃ》がいるかもしれない。犯行時刻《はんこうじこく》はいずれも日没《にちぼつ》から夜明け前。その野外ライブは何時だよ？」

「夜の七時から十時。あー、なんだか怖《こわ》くなってきちゃった。どうしようかなぁ……」

公園の前を通りかかったその時だ。だれかの悲鳴が聞こえた。

「ちょっと！　涼介《りょうすけ》！　どうしたの？」

唯《ゆい》のおどろく声を背《せ》に、囲いの鉄柵《てっさく》を飛《と》び越《こ》え、繁《しげ》みのかげに向かって走る。

街灯《がいとう》の下、ベンチにぐったりともたれかかった制服《せいふく》の少女を、もうひとりの少女が必死に抱《だ》き起《お》こそうとしていた。駆《か》けつけた俺《おれ》に気づいて、髪《かみ》の長い少女が振《ふ》り返《かえ》る。

「友だちが襲《おそ》われていたんです……！　私《わたし》が悲鳴をあげたら、男はむこうへ逃《に》げて……」

少女は震《ふる》えて俺《おれ》にもたれかかり、顔を伏《ふ》せて泣きながら言った。

「私《わたし》が待ち合わせ場所を公園にしちゃったから……！　私《わたし》のせいで……」

倒《たお》れている少女は、ろう人形のように真っ白で血の気がなかった。うすく開いた眼《め》は虚《うつ》ろだが、首に手をあてると、微《かす》かに脈がある。俺《おれ》は、遅《おく》れて駆《か》けつけた唯《ゆい》に叫《さけ》んだ。

「まだ生きてる。すぐに救急車を呼《よ》んでくれ！」


「結局、あの子、意識《いしき》不明のまま亡《な》くなったんだってね……」

十日後の昼休み。教室の窓辺《まどべ》で考えごとをしている俺《おれ》の横に立ち、唯《ゆい》が言った。

「ニュースで見たよ。大量に血液《けつえき》が抜《ぬ》かれていて、輸血《ゆけつ》が間に合わなかったって。もうひとりの子が助かったのは不幸中の幸いだね。ふたりは、同じ私立《しりつ》高校の生徒なの？」

「いや。バイオリン教室で一緒《いっしょ》だったそうだ。急に必要になった楽譜《がくふ》の受《う》け渡《わた》しをするはずだったらしい。助かった子の名前は黒木《くろき》澪《みお》。俺《おれ》たちと同じ高三だが、高校は休学中」

「ニュースには、そんな情報《じょうほう》、なかったよ。どうしてそこまで詳《くわ》しく知ってるの？」

俺《おれ》は着信音が鳴ったスマートフォンをポケットから取り出し、画面を見ながら答えた。

「本人から聞いた。あの事件《じけん》の事情聴取《じじょうちょうしゅ》で警察《けいさつ》に行ったあと、ふたりきりで話したんだ。ついでに、彼女《かのじょ》と連絡先《れんらくさき》の交換《こうかん》もできた。ラッキーだった」

俺《おれ》がそう言うと、今まで神妙《しんみょう》だった唯《ゆい》の口調が、急に変わった。

「へ、へー。それで、あの子と今も連絡《れんらく》とってるんだね。ここのところずっとスマホばっかり見てたのはそのせいかぁ。あー、O型《オーがた》って単純《たんじゅん》。すぐ態度《たいど》に出るんだから！」

「今時、血液型占《けつえきがたうらな》いかよ。全然当たってねーし」

俺《おれ》はうわの空で言った。黒木澪《くろきみお》からの招待《しょうたい》メールを、真剣《しんけん》に読んでいたからだ。【ぜひお礼に夕食をと、両親が】との受信文。【今週末の土曜、夜六時に】と返信する。

メールに記載《きさい》された澪《みお》の家の住所を地図アプリで検索《けんさく》すると、郊外《こうがい》にある屋敷《やしき》だった。

「ねえ、もしかして、あの子の家に行くの？」唯《ゆい》が心配そうに聞く。

「もちろん行くよ。興味《きょうみ》がある」俺《おれ》は澪《みお》の屋敷《やしき》の位置を、広域《こういき》の地図で見ながら答えた。

「涼介《りょうすけ》って、身近な女子にはそっけないくせに、黒木《くろき》さんには興味《きょうみ》があるんだ。バイオリンを習ってるなんて、うちの学校にはいないようなお嬢様《じょうさま》だもんね。しかも美少女」

「美少女？　俺《おれ》はこの猟奇殺人事件《りょうきさつじんじけん》に興味《きょうみ》があるんだよ。彼女《かのじょ》は唯一《ゆいいつ》の犯人目撃者《はんにんもくげきしゃ》だろ」

「……でも。今週末の土曜日はダメだって、私《わたし》には言ってたじゃん！」

「おい、メール、のぞき見てたのかよ？　プライバシーの侵害《しんがい》だぞ」

そう言って顔を上げたが、唯《ゆい》はもう教室にいなかった。


その週の土曜日、六時。

俺《おれ》は、黒木家《くろきけ》の立派《りっぱ》な屋敷《やしき》を見上げ「すげえ」とつぶやいた。樹木《じゅもく》に囲まれた、古く美しい洋館。石の階段《かいだん》を上がり、玄関《げんかん》のノッカーを鳴らすと、屋敷《やしき》の中から使用人が現《あらわ》れた。古風なメイド服を身に着けた、やせぎすな老女だ。

「大谷涼介《おおたにりょうすけ》さま。お待ちしておりました」

寡黙《かもく》な使用人に案内《あんない》され、豪華《ごうか》なシャンデリアがある広い玄関《げんかん》ホールへと足を踏《ふ》み入《い》れた。むせかえるほど焚《た》き込《こ》められた香《こう》に、思わず眉《まゆ》をひそめる。

優雅《ゆうが》ならせん階段《かいだん》の上から、美しい装《よそお》いの澪《みお》が降《お》りてきた。あの夜、パニックを起こして泣《な》き叫《さけ》んでいた少女と同一人物だとは思えないほど、落ち着いた態度《たいど》だ。

俺《おれ》を見下ろして悠然《ゆうぜん》と微笑《ほほえ》み、澪《みお》は言った。

「来てくれてありがとう。とても会いたいと思っていたの。さあ、こちらへどうぞ」

澪《みお》の後ろについて、長い廊下《ろうか》を歩く。外観から想像《そうぞう》した以上に大きな屋敷《やしき》だ。

重厚《じゅうこう》な両開きの扉《とびら》の奥《おく》に、広い食堂があった。カーテンを開けた大きな格子窓《こうしまど》と、美《び》術品《じゅつひん》のような陶器《とうき》が飾《かざ》られたアンティークの棚《たな》。堂々とした長方形の食卓《しょくたく》の両側には、背《せ》の高い椅子《いす》が整然と並《なら》べられている。まるで、外国の貴族《きぞく》の屋敷《やしき》のようだった。

「夕食に招《まね》かれたんだと思っていたんだけど。もしかして、ピザ待ちとか？」

俺《おれ》は食卓《しょくたく》の上に目をやって言った。テーブルクロスの上には、皿一枚《まい》置かれていない。

「食事はまだよ。私《わたし》はすぐにでも食べたいんだけどね。寝室《しんしつ》で寝《ね》ている両親が起きてくるのを待たないと。父も母も厳《きび》しいの。外食も、めったなことでは許《ゆる》してくれない」

「へえ。こんな時間まで寝《ね》てるのに、娘《むすめ》のしつけには厳《きび》しいんだな」

澪《みお》がスッと目を細めた。どうやら、怒《おこ》らせたらしい。

「うちはみんな特殊体質《とくしゅたいしつ》なの。太陽の光を浴びると致命傷《ちめいしょう》を負うから、昼を避《さ》けて生きている。陽《ひ》がしずむまで、蓋《ふた》つきの暗いベッドに身をひそめて。極度の偏食《へんしょく》だから、つらくて……」

「なるほどね」俺《おれ》は言った。「まあ、みんなそれぞれ、人に言えない悩《なや》みはあるだろ」

澪《みお》がいらだったように俺《おれ》を見た。美しい顔からは、完全に微笑《ほほえ》みが消えている。

「あなたにはわからない。私《わたし》の苦しみなんか。食べ物がなかなか手に入らず、いつも飢《う》えている。苦労して食べ物を取ってきても、厳格《げんかく》な両親からおこぼれを少しもらうだけ」

「……だから、なりふり構《かま》わず外で食ったのか。動物の血では飽《あ》き足《た》らず、人間まで」

俺《おれ》は澪《みお》を冷たく見据《みす》えて言った。澪《みお》も、俺《おれ》を強いまなざしで見つめ返す。

「なぜそう思うの？　まるで私《わたし》が恐《おそ》ろしい猟奇殺人犯《りょうきさつじんはん》だと疑《うたが》っているみたいね」

「疑《うたが》いじゃない。確信《かくしん》だ。あの時、公園で悲鳴をあげたのはおまえじゃなく、おまえに血を吸《す》われた子だった。俺《おれ》が駆《か》けつけると、おまえは男が襲《おそ》っていたとうそをつき、取《と》り乱《みだ》したふりをした。だが、逃《に》げていく男の足音なんか、俺《おれ》には聞こえなかったよ。そして、自分の口についた血をごまかすために、わざと俺《おれ》に抱《だ》き着《つ》いたおまえからは、生きた人間の『匂《にお》い』がしなかった。まるで棺桶《かんおけ》の中の死人のような匂《にお》いはしたけどな」

「おもしろい推理《すいり》ね。それを言いに、わざわざここまで来たの？」

澪《みお》が俺《おれ》に近づいて顔を見上げ、低い声でささやいた。

「せっかくだから教えてあげる。私《わたし》は生ける屍《しかばね》なの。血に飢《う》えながら、何千万回もの夜を過《す》ごしてきた。あなたのせいで、貴重《きちょう》な少女の血をぜんぶ飲《の》み干《ほ》せなかった……」

澪《みお》が俺《おれ》の腕《うで》をつかむ。人間離《ばな》れした強い力で。美しかった顔は、いつのまにか邪悪《じゃあく》な表情《ひょうじょう》に変貌《へんぼう》していた。みにくくゆがんだ赤い口元に、鋭《するど》い牙《きば》がのぞく。

「かわりにおまえが私《わたし》の空腹《くうふく》を満たせ。まずい男の血でも、ネズミや猫《ねこ》よりマシだ！」

俺《おれ》の喉元《のどもと》に食らいつこうとする澪《みお》を、必死に押《お》しとどめたその時だ。俺《おれ》は、澪《みお》の体についた、よく知っている少女の匂《にお》いをかいだ。舌打《したう》ちして、自分のミスを悔《く》やむ。

「くそ！　強い香《こう》にかき消されて気づかなかった……。唯《ゆい》に何をしたんだよ！」

「この屋敷《やしき》の前をうろついていたバカな娘《むすめ》のことか？　捕《つか》まえて地下牢《ちかろう》に閉《と》じ込《こ》めた。起き出した両親が獲物《えもの》の気配に気づいて、とっくに血をすすっているかもしれないが」

「ふざけるな！　唯《ゆい》に手出しはさせねーぞ！」

俺《おれ》は全身の力を振《ふ》り絞《しぼ》り、澪《みお》ともみ合いながら窓辺《まどべ》へジリジリと近づいた。

「特殊体質《とくしゅたいしつ》はおまえらだけじゃない。俺《おれ》の嗅覚《きゅうかく》と聴覚《ちょうかく》が鋭《するど》いのはどうしてだと思う？」

俺《おれ》はガラス窓《まど》の外を見上げた。雲の切れ間から、丸い大きな月が姿《すがた》を現《あらわ》す。

「あえて、今夜を選んでおまえに会いに来た理由を教えてやるよ」


それから一か月後。昼休みの教室で、俺《おれ》は机《つくえ》を挟《はさ》んで座《すわ》る唯《ゆい》に言った。

「あの屋敷《やしき》から、今まで殺された人たちの骨《ほね》や遺品《いひん》がごっそり出てきたそうだ。やっぱり、犠牲者《ぎせいしゃ》は他にもいたんだな。黒木《くろき》一家と使用人、四人全員が容疑者《ようぎしゃ》だとか」

唯《ゆい》が不安そうに表情《ひょうじょう》を曇《くも》らせた。「警察《けいさつ》がいくら探《さが》しても、四人とも見つからなかったんでしょ？　どこへ逃《に》げたんだろう。怖《こわ》い……」

「心配すんな。そいつらは、『逃《に》げた』んじゃなくて『消えた』んだ。日が射《さ》す部屋に、人の形をした灰《はい》が四つ残ってたって話だろ。奴《やつ》ら、強い日差しにあたると、焼《や》け焦《こ》げて灰《はい》になる特殊体質《とくしゅたいしつ》だったんだよ。たぶんな」俺《おれ》は、わざと冗談《じょうだん》めかしてそう言った。「それより、なんであの夜、野外ライブに行かずに、あの屋敷《やしき》の前をうろついてたんだよ?」

「それは、その。涼介《りょうすけ》があの子の家に行くかと思うと、気が気じゃなくて、つい」

赤くなった唯《ゆい》を見て、俺《おれ》は思わず微笑《ほほえ》んだ。いつもと変わらない唯《ゆい》の元気な姿《すがた》を見ると、改めてホッとする。あの残虐《ざんぎゃく》な吸血鬼《きゅうけつき》一家に襲《おそ》われて、よく命があったものだ。

「……あのね。信じてくれないとは思うけど」唯《ゆい》はあたりをうかがい、間近から俺《おれ》を見た。

「あそこは本当に、恐《おそ》ろしい吸血鬼《きゅうけつき》の館だった。門の前で黒木《くろき》さんに捕《つか》まって、地下牢《ちかろう》に閉《と》じ込《こ》められたあと、彼女《かのじょ》の両親だというふたりの吸血鬼《きゅうけつき》に襲《おそ》われて。ここで血を吸《す》われて死ぬんだなって思った時、私《わたし》を助けてくれたのが……なんと『狼男《おおかみおとこ》』だったの」

「なるほど」俺《おれ》は唯《ゆい》の話を聞き、真顔で言った。「あの日は満月だったから、きっと夢《ゆめ》でも見たんだよ。月の光は、人の心を惑《まど》わすって言うからさ」

執筆担当

桐谷 直（きりたに・なお）
新潟県出身。児童書を中心に、ファンタジー、ホラーなど、幅広いジャンルを執筆。『ラストで君は「まさか!」と言う』シリーズ（PHP研究所）のほか、『冒険のお話を読むだけで自然と身につく！ 小学校で習う全漢字1006』（池田書店）など。

染谷 果子（そめや・かこ）
和歌山県出身。著書に『あわい』『ときじくもち』『あやしの保健室1・2』（以上、小峰書店）、共著に『タイムストーリー・5分間の物語』（偕成社）などがある。その他、神戸新聞に幼年童話掲載。ブログ「眠りの底で」にて公募入選作公開中。

ささき かつお
東京都出身。第5回ポプラズッコケ文学新人賞 大賞受賞作『モツ焼きウォーズ～立花屋の逆襲～』（ポプラ社）で2016年にデビュー。ほかに『空き店舗（幽霊つき）あります』（幻冬舎文庫）、『Q部あるいはCUBEの始動』（PHP研究所）などがある。

たかはし みか
秋田県出身。小中学生向けの物語を中心に、伝記や読み物、教科書など幅広い分野で活躍中。近著に、「もちもちぱんだもちっとストーリーブック」シリーズ『おうちにもちぱんがやってきた！』『もちぱん探偵団』『もちぱんのヒミツ大作戦』（以上、学研プラス）などがある。

装丁・本文デザイン・DTP　根本綾子
カバー・本文イラスト　吉田ヨシツギ
校正　みね工房
編集制作　株式会社童夢

3分間ノンストップショートストーリー
ラストで君は「まさか!」と言う　恐怖《きょうふ》の手紙

2018年12月25日　第1版第1刷発行

編　者　PHP研究所
発行者　後藤淳一
発行所　株式会社PHP研究所
東京本部　〒135-8137　江東区豊洲5-6-52
児童書出版部　TEL 03-3520-9635（編集）
普及部　TEL 03-3520-9630（販売）
京都本部　〒601-8411　京都市南区西九条北ノ内町11
PHP INTERFACE https://www.php.co.jp/
印刷所・製本所　凸版印刷株式会社

ISBN978-4-569-78825-8

NDC913　191P　20cm